IHRE ZURÜCKHALTENDE BRAUT

BRIDGEWATER MÉNAGE-SERIE - BUCH 6

VANESSA VALE

Copyright © 2015 von Vanessa Vale

ISBN: 978-1-7959-0068-3

Dies ist ein Werk der Fiktion. Namen, Charaktere, Orte und Ereignisse sind Produkte der Fantasie der Autorin und werden fiktiv verwendet. Jegliche Ähnlichkeit mit tatsächlichen Personen, lebendig oder tot, Geschäften, Firmen, Ereignissen oder Orten sind absolut zufällig.

Alle Rechte vorbehalten.

Kein Teil dieses Buches darf in irgendeiner Form oder auf elektronische oder mechanische Art reproduziert werden, einschließlich Informationsspeichern und Datenabfragesystemen, ohne die schriftliche Erlaubnis der Autorin, bis auf den Gebrauch kurzer Zitate für eine Buchbesprechung.

Umschlaggestaltung: Bridger Media

Umschlaggrafik: Bigstock- John Bilous; Period Images

HOLEN SIE SICH IHR KOSTENLOSES BUCH!

TRAGEN SIE SICH IN MEINE E-MAIL LISTE EIN, UM ALS ERSTES VON NEUERSCHEINUNGEN, KOSTENLOSEN BÜCHERN, SONDERPREISEN UND ANDEREN ZUGABEN ZU ERFAHREN. SIE ERHALTEN EIN KOSTENLOSES BUCH FÜR IHRE ANMELDUNG! TRAGEN SIE SICH IN MEINE E-MAIL LISTE EIN, UM ALS ERSTES VON NEUERSCHEINUNGEN, KOSTENLOSEN BÜCHERN, SONDERPREISEN UND ANDEREN ZUGABEN ZU ERFAHREN. SIE ERHALTEN EIN KOSTENLOSES BUCH FÜR IHRE ANMELDUNG!

kostenlosecowboyromantik.com

1

MILY

Ich war so nervös, dass ich kaum Luft holen konnte. Mein Herz pochte so wild, dass ich Angst hatte, es würde mir aus der Brust springen. Meine Finger kribbelten und Schweiß bildete sich auf meiner Stirn. Ich versuchte, tief Luft zu holen, hob meine Hand und klopfte an die Tür.

Würden sie überhaupt da sein? Es war Essenszeit, also aßen sie vielleicht gemeinsam mit den anderen. Ich *sollte* hungrig sein, aber ich war den ganzen Tag über nicht in der Lage gewesen, auch nur einen Bissen zu essen. Ich hatte so lange gebraucht, um den Mut anzusammeln, hierherzukommen. Mehrere Male hatte ich das Pferd auf dem Weg hierher fast gewendet. Ich blickte hinter mich, während ich wartete. Die weiten Flächen der Bridgewater Ranch waren ein atemberaubender Anblick. In der Ferne konnte ich ein anderes Haus sehen und ich wusste, dass die Ställe, Scheune und andere Gebäude direkt hinter der

Kuppe lagen. Die Häuser auf dem Grundstück waren aus Gründen der Privatsphäre alle weit voneinander entfernt gebaut worden. Auf der Bridgewater Ranch herrschte schließlich kein Mangel an freien Flächen.

Ich hörte Schritte und dreht mich rasch wieder zur Tür, als diese geöffnet wurde. Ich drückte meine Finger zusammen.

„Mrs. Woodhouse." Mr. Tyler wischte sich die Hände an einem Geschirrtuch ab und so wie seine hellen Augenbrauen in die Höhe schossen, war ersichtlich, dass mein Erscheinen nicht erwartet worden war. „Du bist früh unterwegs. Wir haben gerade unser Mittagessen beendet. Möchtest du nicht reinkommen – "

„Ich stimme zu", platzte ich heraus. Ich konnte es nicht länger zurückhalten, da ich Angst hatte, dass ich in diesem Fall entweder meine Meinung ändern oder meinen Mut verlieren würde. Ihr Angebot, mich zu heiraten, war furchteinflößend, aber ich hatte keine große Auswahl und Mr. Tyler und Mr. Xander würden eine annehmbare Wahl sein. Wenn ich mir so ansah, wie gut der Mann vor mir aussah mit seinen zerzausten blonden Haaren, den blauen Augen, die allein auf mich gerichtet waren, den vollen Lippen, die sich zu einem Lächeln verzogen, dann war ich mir sicher, dass er sogar eine ziemlich gute Wahl wäre. Wenn ich doch nur nicht so verängstigt von ihrem Vorschlag wäre.

„Du stimmst zu?"

Ich schloss meine Augen für einen Moment und holte tief Luft. Ich hatte es getan, ich hatte das Gespräch begonnen, weshalb die Enge in meiner Brust ein wenig nachließ. Es bedeutete aber nicht, dass er mich nicht doch abweisen oder dass Mr. Xander zustimmen würde. Ein ganzer Tag war vergangen. Vielleicht hatten sie in der Zeit ihre Meinung geändert. Was würde ich dann tun? „Ihrem Angebot. Dass Sie mich beide ficken. Ich stimme zu."

Er musterte mich so aufmerksam, dass ich wegblicken musste. Es war das erste Mal, dass ich überhaupt das Wort *Ficken* ausgesprochen hatte und es fühlte sich seltsam an. Sie hatten dieses Wort gestern verwendet. Nicht Geschlechtsverkehr, nicht Beischlaf. Ficken. Ich konnte spüren, wie meine Wangen heiß wurden und ich fragte mich, ob ich mich jemals damit wohlfühlen würde, es zu sagen.

„Ich glaube, Xander würde das gerne hören. Möchtest du nicht reinkommen?"

Ich nickte und als er zurücktrat, ging ich an ihm vorbei in den Flur. Sein reiner Duft hing in der Luft und ich atmete ihn ein. Er roch nicht nach Alkohol, wie Frank immer gerochen hatte.

„Xander!", rief er.

Schritte erklangen über meinem Kopf, dann auf der Treppe. Das Haus war sehr groß, vor allem wenn diese zwei Männer den Platz einnahmen, aber es gehörte nicht ihnen. Es war Kane und Ians Zuhause, das sie gemeinsam mit ihrer Frau Emma bewohnten. Sie waren für mehrere Tage nach Billings gegangen und hatten ihre kleine Tochter in der Obhut von Andrew, Robert und Ann gelassen. Mr. Tyler und Mr. Xander wohnten während ihres Besuchs bei Mr. Tylers Cousine, Olivia, in dem leerstehenden Haus. Ich war dankbar, dass sie nicht in Olivias Haus zu Gast waren, da ich dort nicht die Privatsphäre hätte, die es hier gab. Dieses Gespräch würde auch ohne Zeugen schwer genug werden.

Ich sah hoch und beobachtete, wie Mr. Xanders langer, schlanker Körper eine Stufe nach der anderen auftauchte. Ich konnte seine schmale Taille, die langen Finger, die muskulöse Brust betrachten, bevor ich auch nur sein

Gesicht erblickte. Es war schwer, von seinem vierkantigen Kiefer, dem dunklen Bart und der markanten Stirn wegzuschauen. Die wenigen Male, bei denen ich den Mann gesehen hatte, hatte er mich so aufmerksam gemustert, dass es mir schwergefallen war, nicht nervös zu zappeln.

„Mrs. Woodhouse", murmelte er und blieb vor mir stehen, ein wenig zu nah vor mir.

Ich weigerte mich, einen Schritt zurück zu machen und dem Mann dadurch zu zeigen, dass ich etwas Angst in seiner Gegenwart verspürte. Es war nicht so, dass ich wirklich *Angst* vor dem Mann hatte. Er würde mir nicht wehtun. Ich machte mir Sorgen darüber, welche Wirkung er auf mich ausübte. Das nervöse Zappeln, das mich in seiner Gegenwart überkam, rührte teilweise von einer Anziehung meinerseits her. Ich war daran nicht gewöhnt und es war... furchteinflößend.

„Mrs. Woodhouse hat Ja gesagt", erzählte Mr. Tyler ihm.

Anstatt seine Augenbrauen überrascht zu heben, verzogen sich Mr. Xanders Augen zu Schlitzen, als ob er seine Beute in einer Falle gefunden hätte, aus der sie ihm nicht entkommen konnte.

„Wirklich? Ist das wahr, Mrs. Woodhouse?" Seine Stimme war tief, dunkel und versprach genauso dunkle Dinge. Das war kein sanfter Mann, er war kaum gezähmt.

Ich legte meinen Kopf in den Nacken, um ihn anzusehen, da er fast einen Kopf größer war als ich. Ich leckte über meine Lippen, räusperte mich und die Worte blieben mir in der Kehle stecken. „Ich stimme zu, Sie zu heiraten."

„Uns beide?"

Ich wusste seit ungefähr einem halben Jahr, als mir Olivia zum ersten Mal davon erzählt hatte, was es bedeutete, eine Bridgewater Braut zu sein. Zuerst war ich verblüfft gewesen, da ich zu diesem Zeitpunkt kein Interesse an dem einen Ehemann gehabt hatte, den ich hatte und keinen Bedarf nach zweien sah. Aber jetzt...

„Sie *beide*."

Er trat näher zu mir und ich ging zurück. Wieder. Mein Rücken stieß gegen die geschlossene Tür und er beugte sich zu mir, legte seinen Unterarm neben meinen Kopf. Sein warmer Atem strich über meinen Hals. Er roch nach Pfefferminz und Holzrauch. Sein Körper berührte mich kein bisschen, aber ich wusste, wenn ich tief Luft holen würde, würden die Spitzen meiner Brüste über seine Brust streichen.

„Du verstehst, was das mit sich bringen wird?", murmelte er. „Was auch immer dein Ehemann mit dir getan oder nicht getan hat, wurde mit ihm begraben. Wir haben unsere eigenen Erwartungen an eine Ehefrau und die haben wir dir gestern mitgeteilt."

Ich warf einen Blick auf Mr. Tyler, dennoch fühlte ich mich von Mr. Xander in die Enge getrieben. Sie waren zu breit, zu groß, zu...männlich. Ich erinnerte mich nur zu gut an ihre Erwartungen. Als sie mich am gestrigen Tag zu meiner Ranch begleitet und mir die Ehe angeboten hatten, hatte ich sie weder abgewiesen noch zugestimmt. Sie wussten von meiner Notlage – zumindest einem Teil davon – und waren so ehrenhaft gewesen, mir einen Antrag zu machen. Sie wussten allerdings nicht, dass Franks Spielschulden das, was er der Bank schuldete, bei weitem überstiegen. Er schuldete auch einem Mann namens Ralph Geld, der es bei mir hatte einfordern wollen. Er war überhaupt nicht ehrenhaft. In der Tat war der Geldbetrag, den Frank ihm schuldete, so groß, dass ich monatelang auf meinem Rücken arbeiten müsste, um ihn zurückzahlen zu können. Ralph war nicht der Ansicht, dass seine Schuld mit dem Tod meines Ehemannes beglichen war.

„Was hast du mir gerade erzählt?", fragte Mr. Tyler, wodurch er mich aus meinen Gedanken über Ralph riss.

Ich leckte wieder über meine Lippen und versuchte mein rasendes Herz zu beruhigen, aber Mr. Xander lenkte mich zu sehr ab.

„Ich werde Sie heiraten...und, und...und Sie beide ficken."

Mr. Xander nahm mir den Hut vom Kopf. Ich hörte wage, wie er auf den Boden fiel. Er hingegen streichelte mit seinen Fingerknöcheln über meine Wange. Seine dunklen Augen durchbohrten meine und ich konnte nicht wegschauen. „Du bist keine Jungfrau", stellte er fest. Es war keine Frage.

Ich schüttelte meinen Kopf. Ich war schon seit einiger Zeit keine mehr. Ich war keine naive Jungfrau, die sie entjungfern konnten.

„Dann müssen wir uns keine Sorgen darum machen, dass du eine zurückhaltende Braut bist, oder?"

Ich war mir da nicht so sicher. Ich war *sehr* zurückhaltend, aber ich hatte mich auch noch nie zuvor so sehr nach der Berührung eines Mannes verzehrt, wie ich es gerade tat. Ich wollte mehr als nur seine Fingerknöchel auf meiner Wange. Aber zwei Männer? *Diese* Männer? Ich schüttelte wieder meinen Kopf.

„Wir haben dir gesagt, dass wir dich ficken würden. Was Tyler nicht erzählt hat, ist, dass er deine Pussy mit seinem Schwanz füllen und in dich stoßen wird, bis du zum Höhepunkt kommst. Ich habe dir nicht gesagt, dass ich deinen süßen Hintern erobern und meinen Samen so tief in dich spritzen werde, dass du den ganzen Tag aus beiden Löchern tropfen wirst."

Ich keuchte wegen seiner verdorbenen Sprache und meine inneren Muskeln zogen sich bei dem Bild, das er vor meinem inneren Auge entstehen ließ, zusammen. Ich hatte keine Ahnung gehabt, dass ein Mann seinen...seinen Schwanz in einen Hintern stecken würde. Ich hatte angenommen, dass Ficken Fummeln unter der Bettdecke im Dunkeln bedeutete, während mein Nachthemd um meine Taille gerafft war, genauso wie es Frank getan hatte. Mr. Tyler würde mein Schlafzimmer in der einen Nacht besuchen, Mr. Xander in der nächsten. Nicht *das*. Meine Wangen wurden heiß und meine Nippel zogen sich unter meinem Korsett zusammen.

„Was wir dir ebenfalls nicht erzählt haben, war, was wir außer Ficken mit dir tun werden", sagte Mr. Tyler. Ich öffnete meine Augen – wann waren sie zugefallen? – und sah, dass sein Blick dunkel geworden und sein Kiefer fest zusammengepresst war.

„Andere Dinge außer Ficken?", fragte ich. Was könnte es sonst noch geben? Küssen? Frank war zu Beginn unserer Ehe auf mich gerollt. Ich hatte meine Beine für ihn gespreizt und er war in mich eingedrungen, hatte ein paarmal in mich gestoßen und mich dann mit seinem Samen gefüllt. Es war nach ein oder zwei Minuten vorbei gewesen. Dann hatte er angefangen, zu trinken und ich war ziemlich gut darin geworden, ihm aus dem Weg zu gehen.

„Verdammt richtig", antwortete Mr. Xander. Er sah mich für einen kurzen Moment an, dann senkte er sich auf seine Knie und begann den langen Saum meines Kleides hochzuheben.

Ich versuchte, seine Hände wegzuschlagen, aber er ließ sich nicht aufhalten.

„Was tun Sie da?", quiekte ich. Es war eine Sache,

zuzustimmen, sie zu heiraten und…zu ficken, aber es war eine andere, es *jetzt sofort* zu tun.

„Ich werde dir zeigen, wie es mit uns sein wird."

„Ja, aber warum sind Sie auf ihren Knien? Sollten wir nicht im Bett sein? Es ist draußen nicht dunkel", stotterte ich, während meine Handflächen gegen die Holztür drückten.

Er sah zu mir hoch und grinste. Seine Zähne waren im Vergleich zu seiner gebräunten Haut und dunklem Bart weiß.

„Du bist ja doch ein wenig zurückhaltend."

Plötzlich war ich *sehr* zurückhaltend.

„Keine Sorge, Baby, er wird dafür sorgen, dass du dich gut fühlst", beruhigte mich Mr. Tyler mit einem sanften Timbre in der Stimme. Er näherte sich mir. Mit dem Rücken an der Tür, einem Mann zu meinen Füßen und dem anderen neben mir, konnte ich nirgendwohin ausweichen.

Mr. Xanders große Hände glitten meine Wanden und Knie hinauf, dann meine Schenkel hoch und schoben dabei mein Kleid nach oben. Mit jeder Sekunde, die verging, wurde mehr von mir entblößt und ich erschauderte bei der Vorstellung. Mr. Tyler ergriff den gerafften Stoff und hielt ihn an meiner Taille fest, wodurch meine untere Hälfte vollständig sichtbar war.

„Wenn wir heiraten, wirst du die hier nicht tragen oder jemals wieder benötigen." Mr. Xander zog an der Schnur meines Schlüpfers und er glitt über meine Hüften und meine Beine hinab, bis er um meine Knöchel lag. „Heb deine Füße aus dem Höschen."

„Warum?", hauchte ich.

„Warum?", wiederholte er. „Wir wollen einen einfachen Zugriff auf deine Pussy, Liebling."

2

MILY

ER HOB den Schlüpfer auf und legte ihn über eine Schulter. Der dünne weiße Stoff bot einen starken Kontrast zu seinem Arbeitshemd. Ein dunkler, knurrender Laut entrang sich seiner Kehle, als er mich...dort ansah. Ich wagte einen Blick zu Mr. Tyler, der ebenfalls meinen Körper musterte. Kühle Luft strich oberhalb meiner Strümpfe über meine Schenkel und meine Weiblichkeit wurde von ihren Blicken heiß. Mich selbst zu bedecken, wäre Zeitverschwendung. Ich wusste von Frank, dass man einen Mann, wenn er sich einmal auf Geschlechtsverkehr eingestellt hatte, nicht mehr davon abringen konnte. Ich war keine Jungfrau. Ich wusste, was sie wollten, was sie tun würden. Aber hier? Ich musste einfach nur meine Augen schließen, auf die Zähne beißen und es ertragen. Ich musste nur noch herausfinden, wie er es auf seinen Knien tun würde.

„Ich kann ihre Erregung von hier riechen", verkündete Mr. Xander.

Mich riechen?

„Ihre Locken glänzen. Sie ist feucht und wir haben sie noch nicht einmal berührt."

„Ich bin nicht feucht", widersprach ich beschämt und versuchte, mich zu bedecken. „Mr. Xander, wirklich, ich habe heute Morgen gebadet und weder rieche ich, noch ist meine Haut noch immer feucht."

„Ich bin einfach nur Xander." Seine Hände umfassten meinen Hintern und zogen mich zu sich. „Wenn du formell mit uns sprechen möchtest, kannst du mich gerne Sir nennen, vor allem, wenn ich gleich deine süße Pussy lecken und mit meinen Fingern ficken werde. Beides wird mir gut gefallen."

Lecken? Ich konnte nicht lange über seine Worte grübeln, da er seine Zunge ausstreckte und mit ihr über meine Spalte glitt, bis er das kleine Nervenbündel fand und immerzu umkreiste.

„Oh, guter Gott", keuchte ich und meine Hüften ruckten ihm entgegen. Ich hatte keine Ahnung gehabt, dass ein Mann so etwas tun konnte – *würde*.

„Sag seinen Namen, Baby", flüsterte Mr. Tyler, küsste meinen Hals entlang, knabberte daran und leckte dann die empfindliche Stelle. „Ein Mann hört gerne seinen Namen, wenn er die Pussy seiner Frau leckt."

Xanders Hand tauchte zwischen meine Schenkel, um mit meiner...Pussy zu spielen, während er weiterhin mein zartes Fleisch leckte und saugte. Ich packte seinen Kopf, indem ich meine Finger in seinen Haaren vergrub. Ich war mir nicht sicher, ob ich das tat, um ihn wegzustoßen oder ihn näher zu ziehen.

Er glitt mit einem Finger in mich, krümmte ihn und

fand eine Stelle, die mich aufschreien ließ. Sein Name erklang in einem überraschten Stöhnen.

„Xander."

Sein Finger glitt aus mir und ich fühlte mich leer. Er hob seinen Kopf und sah zu mir hoch. Seine Lippen und Bart glänzten. Eine Hand hebend strich er mit einem Finger über meine Unterlippe und benetzte sie mit meiner Feuchtigkeit.

„Du bist feucht. Tropfst. Eine erregte Frau bedeckt den Finger, Mund und Schwanz eines Mannes mit den Säften ihrer Pussy." Er schob die Fingerspitze zwischen meinen Lippen hindurch und in meinen Mund. „Koste."

Ich schmeckte mich selbst auf meiner Zunge, als ich an seinem Finger saugte. Xanders Augen weiteten sich und sein Kiefer spannte sich an, als ich das tat. Er knurrte und zog seine Hand von mir.

„Ich will auch einmal kosten", murmelte Mr. Tyler.

Xander erhob sich und ergriff den unteren Teil meines Kleides, während der andere Mann seinen Platz zwischen meinen Beinen einnahm.

Mr. Tyler nahm sich einige Sekunden und betrachtete mich einfach nur ausführlich. „Ich kann von hier sehen, wie ihr Kitzler hervorsteht. So leicht erregbar." Er sah zu mir hoch und fragte: „Willst du kommen, Baby?"

Ich wollte etwas tun, da es sich anfühlte, als würde ich gleich aus meiner Haut fahren. Mein Herz raste und meine Haut war erhitzt. Mein Geschmack lag tatsächlich süß auf meiner Zunge.

Ich war zuvor schon gekommen, nicht von Frank, aber mit Hilfe meiner eigenen Finger spät nachts. Manchmal war er nicht nach Hause gekommen und ich hatte meinen Körper erkunden und mich so berühren können, wie es mir gefiel. Doch in all diesen Momenten hatte ich mich nie auch nur annähernd so gefühlt wie jetzt.

„Ja", flüsterte ich. „Gott, ja."

„Ich bin nicht Gott. Einfach nur Tyler. Du wirst meinen Namen schreien, bevor ich mit dir fertig bin."

Tyler drückte gegen meinen Innenschenkel, sodass ich meine Beine weiter spreizte. Erst dann beugte er sich vor und legte seinen Mund auf mich. Wo Xander bedacht und aggressiv gewesen war, war Tyler fokussiert und aufmerksam. Er schenkte meinem Kitzler besondere Aufmerksamkeit, saugte aber auch eine Schamlippe in seinen Mund, dann die andere, bevor er seine Zungenspitze in mich schob. Ich hatte Xanders Finger und Franks Glied in mir gehabt, aber noch nie eine Zunge. Sie war nicht groß genug, noch konnte sie tief genug in mich eindringen, um mich zum Höhepunkt zu bringen, aber die Vorstellung, dass mich Tyler mit seinem Schwanz füllen würde, ließ mich seine Schulter drücken. Ich war wild und in den Empfindungen verloren.

Diese *Männer*. Guter Gott, diese Männer waren geschickt. Ich hatte nie gewusst, was mir entging. Ich stand in der Eingangshalle mit meinem Kleid um meine Taille gerafft und einem Mann – einem umwerfenden Mann – zwischen meinen Beinen, der verruchte Dinge mit mir anstellte! Ein zweiter Mann stand daneben und beobachtete uns. Es war…verrucht.

„Du wirst für Tyler kommen, aber nicht bis ich es sage", flüsterte Xander in mein Ohr, wobei das leichte Kratzen seines Bartes an meinem Hals meinem ohnehin schon überwältigten Körper eine weitere Empfindung hinzufügte.

Woher er wusste, dass ich kurz vorm Höhepunkt stand, wusste ich nicht. Aber da Tyler seine Zunge gegen meinen Kitzler drückte, während er nicht nur einen, sondern zwei

Finger in mich schob, wusste ich nicht, wie ich es aufhalten sollte.

Ich leckte über meine trockenen Lippen, während ich vor Vergnügen keuchte und schrie. Meine Augen waren zugefallen und ich gab mich den Empfindungen hin.

„Noch nicht, Emily. Sein ein gutes Mädchen und warte darauf, dass deine Männer dir sagen, wann du kommen darfst. Dein Vergnügen gehört jetzt uns."

Ich drehte meinen Kopf, um Xander anzuschauen und ihm zu sagen, wo er sich seine herrische Art hinstecken konnte. Sein Gesicht war genau da. Seine dunklen Augen bohrten sich in meine, unser Atem vermischte sich.

„Stopp."

Ich erstarrte bei seinem Befehl, aber als Tyler seinen Kopf hob und seine Finger aus mir zog, erkannte ich, dass Xander mit ihm, nicht mit mir sprach.

„Nein, hör nicht auf ihn. Stoppe nicht!" Ich keuchte jetzt, als wäre ich die Strecke nach Bridgewater gerannt anstatt geritten. Ich blickte hinab auf Tyler – der ebenfalls feuchte Lippen hatte – dann zu dem grimmigen Xander.

„Das nächste Mal, wenn du mir sagst, ich sei herrisch, wirst du bestraft werden *und* du wirst nicht zum Höhepunkt kommen", schwor Xander. „Das ist ein Versprechen."

Hatte ich die Worte laut ausgesprochen? Anscheinend war Xander kein Mann, mit dem Mann sich Späße erlauben konnte.

„Wenn du so sehr kommen willst, Liebling, dann sagst du Tyler genau, was er tun soll." Er streichelte mir mit einer Sanftheit die Haare aus dem Gesicht, die im völligen Gegensatz zu seinem Tonfall stand.

„Bring mich zum Höhepunkt", sagte ich. Ich hatte diese Art von Worten nie laut ausgesprochen. Frank hatte sich nie um mein Vergnügen gekümmert. Tatsächlich hatte ich nie gewusst, dass es mit einem Mann möglich wäre. Bis jetzt.

Aus meinem Augenwinkel sah ich, wie Xander seinen Kopf schüttelte. „Wie?", hakte er nach.

Tyler wischte mit dem Handrücken über seinen Mund. Wartete.

„Wie?", wiederholte ich verwirrt.

„Mit meinem Mund?", fragte Tyler.

„Ja."

„Dann sag mir, dass du auf meinem Mund kommen willst."

Tylers Hände packten meine Schenkel, sein Daumen strich über meine Spalte und stupste gegen die Haare an meiner Pussy. Meine Hüften bewegten sich von allein, da sie seine Finger näher haben wollten. Auf mir. In mir.

„Ich will auf deinem Mund kommen."

„Mit Vergnügen, Baby. Mit Vergnügen." Tyler belohnte mich mit einem Grinsen, kurz bevor er seinen Mund wieder genau dort hinführte, wo ich ihn wollte.

„Oh, *ja*", stöhnte ich.

„Willst du, dass er mit zwei Fingern in dich eindringt?", flüsterte Xander in mein Ohr. „Deine Pussy ist so wunderbar eng, dass du sie drücken wirst, wenn du kommst."

Genau in dem Moment drückte ich sie, allein wegen seiner Worte.

Meine Hüften begann sich zu bewegen. Ich konnte es nicht aufhalten. Ich war so kurz davor und ich bewegte mich auf mein Vergnügen zu, bewegte mich auf Tylers Gesicht, damit ich näher...näher war. Oh, so nah.

„Ja, Finger. In mir. Bitte."

Ich spürte eine Hand an meinem nackten Hintern. „Und was ist hiermit, Liebling? Brauchst du hier auch einen

Finger?" Während Xander sprach, glitt ein Finger zwischen meine Pobacken und über mein...

„Xander!", keuchte ich. „Du kannst nicht...oh, ja!"

Er umkreiste meinen Hintereingang, dann glitt eine glatte Fingerspitze in mich. Ich war dort noch nie zuvor berührt worden, ganz zu schweigen davon, dass dort ein Finger eindrang. Die Dehnung war etwas unangenehm, aber es war auch dunkel und verboten und fühlte sich so gut an.

„Tyler kniet vor dir und leckt deinen Kitzler, trinkt deine köstlichen Säfte. Seine Finger füllen deine Pussy, während du meinen Finger in deinem Hintern hast. Dir gefällt es, wenn dich zwei Männer berühren. Dir gefällt es, wenn du keine andere Wahl hast, als zu nehmen, was wir dir geben."

Xander redete ununterbrochen, seine dunklen Worte füllten auch meine letzten Sinne. Ich spürte ihre Hände überall. Ich konnte ihren einzigartigen Duft riechen und das berauschende Aroma meiner Erregung. Mein Geschmack lag noch auf meiner Zunge. Ich konnte Tylers Kopf zwischen meinen gespreizten Schenkeln sehen. Ich war überwältigt, erlag ihnen.

„Bitte", bettelte ich, wobei mein Kopf an der Tür hin und her schlug.

„Komm, Liebling."

Das tat ich. Ich gehorchte Xanders Befehl und kam so wunderbar intensiv, dass ich auf Tylers Schultern sicherlich Abdrücke mit meinen Fingernägeln hinterließ. Mein Schrei hallte durch den Flur und ich konnte mich lediglich um ihre eindringenden Finger zusammenziehen und sie drücken und auf den Wellen der Lust, die sie mir bereiteten, reiten.

Ein Arm schlang sich um meine Taille und hielt mich

aufrecht, da meine Knie unter mir nachgaben und ich ansonsten auf dem Boden zusammengebrochen wäre.

Tyler erhob sich zu seiner vollen Größe und beide Männer ragten über mir auf. Sie atmeten ebenfalls schwer.

„Wir bringen sie besser zu Olivia, bevor wir sie noch ficken", murmelte Tyler. Er führte seine Hand zur Vorderseite seiner Hose und richtete sie. Oh, meine Güte. In seiner Hose konnte ich den Umriss seines sehr großen...

„Ich würde dir ja meinen Schwanz zeigen, Baby, aber dann würde ich dich ficken müssen."

Ich runzelte die Stirn, denn ich bemerkte, dass die Hosen beider Männer einen eindeutigen Beweis ihres Verlangens zeigten.

„Wollt ihr nicht mit mir schlafen?", fragte ich verwirrt. „Ich dachte...Das war, was ich erwartet hatte."

Xander trat einen Schritt zurück. „Nicht bis wir verheiratet sind, Liebling. Dann werden wir dich ficken und markieren und mit unserem Samen füllen."

3

YLER

Einen Tag zuvor...

„Nur weil du die Männer deiner Träume gefunden hast, bedeutet das nicht, dass du jetzt Kupplerin spielen kannst", erklärte ich Olivia.

Sie schenkte mir einen Blick, der von purem Frust sprach, vor allem in Kombination mit einer in die Hüfte gestemmten Hand. Meine winzige Cousine hatte drei Männer um ihren kleinen Finger gewickelt – ihre Ehemänner Cross, Rhys und Simon – und das war eine Menge. Ich musste nicht auch noch auf dieser Liste stehen.

„Ihr Ehemann ist *gestorben*, Tyler", entgegnete sie. Ich warf einen Blick zu Rhys und Cross, die zu ihren Seiten standen, aber von ihnen erhielt ich auch keine Hilfe.

„Warum können dich deine Männer nicht begleiten?"

„Weil du und Xander nichts Besseres zu tun habt. Während ihr hier nur Besucher seid, leben wir", Rhys wedelte mit einer Hand zwischen Cross und sich hin und her, „hier und wurden mit der Aufgabe, die Tische rauszustellen, beauftragt."

„Das Picknick kann nicht stattfinden, wenn wir die Tische nicht rausstellen", fügte Cross hinzu.

Ich bezweifelte, dass das Kirchenpicknick abgesagt werden würde, wenn Olivias Männer nicht *persönlich* die Tische für das Essen aufstellten. Sicherlich gab es noch andere Männer – selbst andere Männer aus Bridgewater – die diese Aufgabe übernehmen konnten. Ich wollte nicht zu einer Ranch gehen und eine zurückhaltende Frau, eine zurückhaltende *Witwe*, zu einem Kirchenpicknick schleifen.

„Denkst du wirklich, dass sie mitkommen wird? Sie hat gerade ihren Mann verloren, vor, was, zwei Tagen?"

Ein kleiner Junge rannte zu unserer kleinen Gruppe und umklammerte Cross' Beine. Wenn er ein kleinerer Mann wäre, wäre er von der Wucht wahrscheinlich umgekippt.

„Onkl Cross!"

Der große Mann strahlte hinab auf den Zweijährigen, wirbelte ihn durch die Luft und warf ihn so hoch, dass Olivia keuchte. Christopher lachte und so wiederholte Cross das Ganze.

„Wenn wir Kinder haben, wirst du das *nicht* tun." Olivia schürzte ihre Lippen, aber konnte nicht anders, als zu lächeln, als Christopher „Nochmal!" rief.

„Dann komm schnell von Mrs. Woodhouse zurück, damit wir uns dem widmen können", merkte Rhys an und schenkte meiner Cousine einen sehr begehrlichen Blick.

Ich kehrte ihnen meinen Rücken zu und suchte auf dem offenen Feld vor der Stadtkirche nach Xander. Wenn ich eine trauernde Witwe abholen musste, würde er mit mir kommen. Da der Gottesdienst gerade geendet hatte, standen die Menschen der Stadt beieinander, Kinder spielten Fangen oder tauchten ihre Füße in den nahegelegenen Bach. Frauen kümmerten sich um das Essen und tatsächlich stellten die Bridgewater Männer Tische in einer langen Reihe für das Essen auf.

„Da ist er ja", sagte Andrew mit einem Grinsen und Seufzen. Ich trat zurück, damit sich der Vater des kleinen Jungen unserer Gruppe anschließen konnte. „Deine Mutter hat dein Essen, junger Mann."

„Essen!", schrie er und griff nach seinem Vater, eindeutig begierig auf sein Essen.

Die Gruppe aus Bridgewater zu beobachten, war inspirierend. Sie lebten nach der gleichen Sitte wie meine Eltern – zwei Ehemänner für eine Frau. Olivia war die Nichte meines Vaters und sie hatte *drei* Ehemänner. Ich würde mir ebenfalls mit einem anderen Mann eine Frau nehmen. Mit Xander. Ich sah, wie er mit Simon auf mich zu kam, der allein Olivia ansah. Ich hegte keinerlei Zweifel an Rhys' Absichten, wenn wir von der Ranch der Witwe zurückkehrten. Ich wusste, womit sie ihre Zeit später verbringen würden: Babymachen. Wie sie bei drei Ehemännern noch nicht schwanger geworden war, überstieg meine Vorstellungskraft.

Ich runzelte die Stirn bei der Vorstellung, dass meine Cousine mit diesen Männern – oder überhaupt irgendwelchen Männern – Sex hatte, aber sie liebten Olivia und hatten ihr ihr Leben gewidmet. Es war gut, dass Xander und ich in einem anderen Haus untergekommen waren. Ian und Kane – denen ich im vergangen Jahr Rinder verkauft hatte – und ihre Frau, Emma, waren nach Billings gereist und daher bewohnten wir während unseres Besuches ihr Haus.

Bridgewater Männer brauchten Privatsphäre mit ihrer Frau.

Olivia hatte erzählt, dass es wie ein Blitzschlag gewesen wäre, als sie ihre Männer zum ersten Mal getroffen hatte. Ich wusste von dem Konzept, da mir meine Mutter das Gleiche berichtet hatte. In der Tat war sie diejenige gewesen, die meiner Cousine von dem Begriff erzählt hatte. Liebe auf den ersten Blick war für manche schön und gut, aber ich bezweifelte, dass es etwas für mich war. Eine Frau zu finden, war nicht leicht, aber eine Frau zu finden, die zwei Ehemänner wollte, war sogar noch schwieriger. Besonders für Xander und mich. Xander, der Ex-Sträfling, und ich, der...was war ich? Ich liebte Frauen im Allgemeinen – es gab nichts Besseres, als in einer heißen Pussy zu versinken. Nun ja, vielleicht einen engen kleinen Arsch. Aber mit einer verheiratet sein? Ich war mir nicht sicher, ob ich die Art von Mann war, der seine Braut so vergöttern konnte, wie es Olivias Männer bei ihr taten.

Sie war das Zentrum ihrer Welt. Ich konnte mir nicht vorstellen, dass ich jemals eine Frau finden würde, die mich dazu bringen würde, auch nur über eine Ehe nachzudenken, ganz zu schweigen, dass ich einem Pfarrer erlauben würden, mich zu trauen. Ich konnte allerdings höflich sein und mit Olivia gehen, um ihre Freundin zu dem Picknick zu eskortieren. Meine Cousine war immerhin so freundlich an die ältere Dame zu denken.

„Ich habe gehört, dass ich herbeigerufen wurde", sagte Xander zu der Gruppe.

Eine Glocke erklang und verkündete den Beginn der Mahlzeit. Leute liefen von den Decken, die auf dem Gras verteilt waren, zu den mit Essen beladenen Tischen.

„Wir werden mit Olivia gehen, um eine Witwe abzuholen", erzählte ich Xander.

„Mrs. Woodhouse", ergänzte Olivia für Xander.

Mein Freund sah zwischen uns hin und her, wobei seine dunklen Augen seine Emotionen nicht preisgaben. Das war völlig normal für ihn. Ich kannte ihn seit fünf Jahren und selbst ich hatte ihn selten lächeln sehen. Die Zeit im Gefängnis hatte ihn verändert, hatte ihn abgehärtet. „Dürfen wir wenigstens ein Hühnerbein mit auf den Ritt nehmen?", wollte er wissen und rieb sich über den Bauch.

Olivia ging auf die Zehenspitzen und küsste Simon, während sie Rhys und Cross bedeutungsvolle Blicke zuwarf. Auch wenn sie nach der Bridgewater Norm mit allen drei Männern verheiratet war, wussten die Leute aus der Stadt nur von ihrer rechtmäßigen Ehe mit Simon. Öffentliche Zurschaustellungen ihrer Zuneigung waren begrenzt, aber ich zweifelte nicht daran, dass Olivia es bei den anderen zwei gut machen würde, wenn sie erst einmal zu Hause waren.

„Komm schnell wieder zurück, Frau. Wir haben Pläne für dich." Mir entging Simons Gemurmel nicht, als wir wegliefen und es bestätigte meinen Verdacht.

„Emily!" Dreißig Minuten später klopfte Olivia an die Tür des Ranchhauses. Sie trat ungeduldig von einem Fuß auf den anderen, während sie darauf wartete, dass ihre Freundin die Tür öffnete.

War sie gebrechlich und langsam? Schwerhörig?

Als Mrs. Woodhouse die Tür öffnete, konnte ich das definitiv ausschließen. Sie war ungefähr in Olivias Alter, viel zu jung, um Witwe zu sein. Sie war zierlich und kurvig und ihr sittsames Kleid konnte ihre höchst erfreulichen Kurven nicht verbergen. Ihre Haare waren so schwarz, wie ich es noch nie gesehen hatte, dennoch war ihre Haut so hell wie Sahne. Es war ein umwerfender Kontrast und ich war verzaubert. Obwohl sie Olivia ein kleines Lächeln schenkte, zeigten sich in ihren Augen Schmerz und Qual. Ihr voller Mund war fest zusammengepresst und dunkle Ringe unter ihren Augen ließen sie müde und erschöpft wirken. Eindeutige Anzeichen ihrer Trauer.

Ich nahm meinen Hut ab. „Ma'am, mein herzliches Beileid zu Ihrem Verlust", sagte ich.

Xander, der seinen Hut abgenommen hatte, bevor sie auch nur die Tür geöffnet hatte, nickte ihr leicht mit dem Kopf zu.

„Dankeschön", erwiderte sie sanft. Ihre Stimme war für eine Frau tief, glatt und samtig.

Olivia trat nach vorne, schlang einen Arm um ihre Taille und führte sie zurück ins Haus. „Wir sind hier, um dich mit zu dem Picknick zu nehmen. Dich mitzuschleifen, wenn wir müssen."

Mrs. Woodhouse sah über ihre schmale Schulter zu uns und fragte sich vielleicht, ob wir genau das tun würden.

Ich warf einen Blick zu Xander. Er hob nur eine dunkle Augenbraue, aber sagte nichts.

Olivia lachte. „Der Blonde ist mein Cousin, Tyler, und der andere, der Grübler", sie wirbelte herum und grinste verschmitzt, „ist Xander."

Wir folgten den Frauen in die Stube. Das Zimmer war sauber, der Kamin nicht entzündet. Nach der Größe und Qualität der Möbel zu schließen, war Mr. Woodhouse anscheinend erfolgreich in seinen Geschäften gewesen.

„Gentlemen", murmelte sie zur Begrüßung, während ihr Blick zu uns huschte. „Olivia, ich glaube nicht, dass ich mich dem heute gewachsen fühle. Vielleicht ein anderes Mal."

Olivia schüttelte ihren Kopf. „Wir werden ein Nein nicht

akzeptieren, nicht wahr?" Sie drehte sich, um in unsere Richtung zu blicken und warf uns einen bedeutungsvollen Blick zu.

„Nein, werden wir nicht", bekräftigte ich. „Es wäre uns eine Ehre, wenn wir Sie begleiten dürften." Sie hatte nur ein paar Worte gesprochen, aber ich war neugierig. Genauso wie mein Schwanz. Sie war still und ruhig und wunderschön und so verdammt gehemmt. Ich wollte an dem festen Knoten in ihrem Genick ziehen. Ich wollte diese steifen Knöpfe am Kragen ihres engen Kleides öffnen. Ich wollte ihr auf die einzige Art und Weise, die ich kannte, Farbe in die Wangen treiben und zwar indem ich sie zum Höhepunkt brachte.

Mein Schwanz schwoll bei der Vorstellung, sie durcheinanderzubringen. So wie Xanders Blick auf sie fixiert war, glaubte ich, dass er das Gleiche dachte. Es war allerdings falsch, solche Gedanken über eine Frau zu hegen, die gerade ihren Mann verloren hatte.

„Dann ist das geklärt. Geh, hol deinen Hut und wir können gehen." Olivia war gut darin andere Leute herumzukommandieren, wie sie es mit ihren Männern machte.

Mrs. Woodhouse dachte einige Sekunden nach, wobei sie auf ihre volle Unterlippe biss.

„Ich habe nichts, das ich zu dem Picknick beisteuern könnte", entgegnete sie.

Olivia zerstreute ihre Sorge mit einem Wedeln ihrer Hand. „Es gibt jede Menge Essen. Wegen dir wird keiner hungrig nach Hause gehen, das versichere ich dir."

Da Emily anscheinend wusste, dass Diskussionen bei Olivia zwecklos waren, nickte sie schließlich und ging durch einen offenen Flur in den hinteren Teil des Hauses.

Als sie weg war, wirbelte Olivia auf ihrer Ferse herum und zeigte auf uns, während sie flüsterte: „Seid nett!"

Ich hielt meine Hände abwehrend vor mir hoch. „Das war nicht nett?", flüsterte ich zurück.

„Du." Sie zeigte auf Xander. „Du musst etwas sagen. Rede. Führ ein Gespräch mit der Frau."

Xanders Mund klappte leicht auf, aber er sagte nichts.

Ich unterdrückte ein kleines Lächeln und ging, um die Eingangstür für Mrs. Woodhouse zu öffnen, als sie zurückkehrte.

Wir halfen den Damen in den Wagen und ich fragte mich, warum Olivia so darauf bestand, dass wir nett zu der Frau waren. Erst als die Ranch hinter einem Hügel verschwand, erfuhr ich den Grund dafür.

„Du kennst die Bridgewater Weise", sagte Olivia. Sie und Mrs. Woodhouse saßen beide neben mir auf der Wagenbank, während Xander hinten im Wagen saß und seine Unterschenkel über den Rand baumeln ließ.

Ich warf einen Blick zu Olivia, da mich ihre Frage überrascht hatte. Ihre ungewöhnlichen Sitten waren nicht gut bekannt und diejenigen, die auf der Ranch lebten, posaunten die Informationen nicht herum. Viele würden es falsch finden, sogar illegal. Meine Eltern waren ebenfalls vorsichtig gewesen, besonders da sie in Helena lebten, das im Vergleich zu Bridgewaters offener Prärie eine große Stadt war. Es gab einen Grund, warum sie mit Mrs. Woodhouse darüber sprach und ich hatte das Gefühl, dass er mir nicht gefallen würde.

„Ja", antwortete Mrs. Woodhouse.

„Nun, Tyler und Xander sind auf der Suche nach einer Ehefrau."

Nein, mir gefiel der Grund überhaupt nicht. Ich zog an den Zügeln und stoppte das Pferd. „Olivia", warnte ich sie.

„Olivia, ich suche nicht nach – "

Meine Cousine unterbrach Mrs. Woodhouse mitten im Satz: „Schwachsinn. Dein Ehemann war ein Grobian. Ein Tyrann und Säufer. Du trauerst nicht um ihn und du brauchst einen Ehemann."

Zu meiner Überraschung sprang Mrs. Woodhouse vom Wagen und begann, zurück zu ihrer Ranch zu laufen. Ich warf Olivia einen düsteren Blick zu und machte mich bereit, der Frau nachzugehen, aber Xander hüpfte stattdessen hinten vom Wagen.

Er folgte ihr und holte sie letztendlich ein, aber sie liefen weiterhin von uns weg.

Ich seufzte. „Versuchst du wirklich, uns miteinander zu verkuppeln?", fragte ich.

Olivia sah kein bisschen zerknirscht aus und sie hatte ihr Kinn stur nach vorne gereckt. „Ja. Du brauchst eine Frau und Emily ist perfekt."

„Sie hat gerade ihren Mann verloren. Wie könnte sie perfekt sein, wenn sie eindeutig nicht interessiert ist?" Ich deutete mit dem Kopf in die Richtung, in die sie gegangen war.

„Ihr Mann hat gespielt und übermäßig getrunken. Auch wenn sie es kein einziges Mal zugegeben hat, glaube ich, dass er sie geschlagen hat. Er war allermindestens grausam zu ihr. Ihr tut es kein bisschen leid, dass er tot ist. Wenn sie nicht so eine nette Person wäre, würde sie sogar auf seinem Grab tanzen."

Die Vorstellung, dass irgendjemand Mrs. Woodhouse verletzte, ließ mich meine Hände ballen. Sie war zu klein, zu...zierlich – selbst mit ihren üppigen Kurven – um sich selbst vor einem Mann, wie ihn Olivia beschrieb, zu beschützen.

„Dann kann sie dieses Mal einen Mann finden, den sie

wirklich mag. Sie ist jung, hübsch. Sie ist ein guter Fang für jeden Mann in der Stadt."

Olivia grinste. „Also denkst du, sie ist hübsch?"

„Jeder Mann bei klarem Verstand würde so denken", konterte ich.

„Dann solltest du ihr einen Antrag machen."

Ich seufzte frustriert. „Warum?"

„Weil du und Xander eine Frau brauchen."

Ich schüttelte meinen Kopf. „Wir *brauchen* keine Frau."

„Ich sehe doch, wie du die Paare auf Bridgewater ansiehst. Jeder ist glücklich verheiratet. Es ist schwer zu beobachten, da bin ich mir sicher, weil sonst niemand so heiratet wie wir. Wie deine Eltern. Du *willst* eine Ehe mit Xander wie wir sie alle auf Bridgewater führen. Gib es zu."

„Natürlich gebe ich das zu. Ich werde auf keine andere Weise heiraten." Ich hielt meine Hand hoch. „Das bedeutet allerdings nicht, dass Mrs. Woodhouse unsere Braut werden sollte."

Olivia schürzte die Lippen. „Sie muss heiraten."

Meine Augenbrauen schossen in die Höhe. „Und wieder, warum?"

„Die Bank nimmt ihr die Ranch weg. Schulden. Die meisten, da bin ich mir sicher, stammen von der Spielerei ihres Ehemannes. Sie hat keinen Ort, an den sie gehen kann. Kein Geld. Sie wird sich Arbeit suchen müssen und es gibt keine, außer sie möchte auf ihrem Rücken arbeiten."

„Olivia", warnte ich sie.

„Was? Es stimmt." Olivia holte tief Luft. „Sie wird heiraten müssen. Eine Frau hat keine anderen Möglichkeiten. Da könntest genauso gut du sie heiraten."

Ich runzelte die Stirn. „Soll das etwa ein Kompliment sein?"

„Natürlich ist es das. Sie verdient jemanden – oder zwei

jemands – die gut zu ihr sein werden. Ich weiß, dass du und Xander das wären. Außerdem kenne ich sie gut und sie weiß, wie wir heiraten. Ich *mag* sie. Vertrau mir, ihr würdet gut zusammenpassen."

Ich drehte mich so, dass ich die Gestalt der sich entfernenden Frau sehen konnte. Gut zusammenpassen? Ich hegte keinerlei Zweifel daran, dass wir im Bett sehr gut zusammenpassen würden. Es wäre auch kein Elend, sie anzuschauen. Das machte eine Ehe zwar nicht aus, aber es half sicherlich.

4
———

ANDER

Es war mir egal, dass Olivia uns verkuppeln wollte. Mir war ihre Absicht von dem Moment an klar gewesen, in dem sie uns, anstatt ihre Männer, gebeten hatte, sie zu ihrer Freundin zu begleiten. Sie hätten alles für die Frau getan und die Ausrede, die Tische herumschleppen zu müssen, war ziemlich schlecht. Lächerlich. Es gab genug starke Rücken auf dem Picknick, die die Aufgabe an ihrer Stelle hätten übernehmen können. Es freute mich allerdings, dass sie uns genug vertrauten, Olivia zur Woodhouse Ranch zu bringen. Es war ja auch nicht so, als hätten wir irgendetwas getan, dass sie an unserer Fähigkeit, ihre Frau zu beschützen, zweifeln lassen würde, besonders nicht, weil Tyler zur Familie gehörte. Ganz im Gegenteil hielten sie wahrscheinlich sehr viel von uns, aber die Bridgewater Männer waren ein besitzergreifender Haufen mit einem ausgeprägten Beschützerinstinkt.

Vielleicht versuchten sie, Mrs. Woodhouse unter ihre Fittiche zu nehmen. Ich hatte gehört, dass sie schon mal auf der Ranch gewesen war und von der Weise und den Sitten der Ranchbewohner wusste. Die Tatsache, dass sie diese Information geheim gehalten hatte, bedeutete, dass die Männer sie hochachteten. Das wiederrum bedeutete, dass nicht nur Olivia versuchte, Tyler und mich mit Mrs. Woodhouse zusammenzubringen. Die Männer stimmten ihr zu und dachten, dass die Frau die Richtige für uns wäre. Deswegen war ich sehr neugierig auf die Witwe gewesen.

Als sie die Tür geöffnet hatte, war es schwer gewesen, sie nicht anzustarren. Zur Hölle, sie war eine Augenweide. Ihren Mund hatte ich zuerst bemerkt. Weich und voll und von der Farbe leuchtender Kirschen, als ob sie den ganzen Nachmittag geküsst worden wäre. Aber als ich ihrem Blick begegnet war, war ich erst richtig fasziniert von ihr gewesen. In ihren Augen sah ich eine Frau, die schwere Zeiten hinter sich hatte. Sie war außergewöhnlich gut darin, es zu verbergen, aber die Steifheit ihrer Schultern und die Anspannung um ihre dunklen Augen waren eindeutige Anzeichen. Ich kannte sie alle, da ich sie an mir selbst sah.

Nicht in den weichen Kurven oder der Art, wie ihre Hüften schwangen, während ich neben ihr lief. Nicht an ihrem langen, schlanken Hals. Nicht an ihrer Stupsnase. Sie mochte zwar nicht zu Unrecht für ein Verbrechen im Gefängnis gelandet sein, aber sie war verletzt worden. War ihr Ehemann der einzige Übeltäter gewesen? Grausame Eltern? Sie war zu jung, um viele andere schlimme Dinge erlebt zu haben. Dennoch spürte ich einen freundlichen Charakter an dieser Frau und ich hatte noch nicht einmal ein Wort zu ihr gesagt.

„Sie müssen mich nicht länger begleiten. Ich versichere

Ihnen, ich kenne den Weg nach Hause." Ihr langes Kleid wischte über das Gras.

Ihre kurzen Beine verkürzten die Entfernung zu ihrem Ranchhaus nur langsam und ich verlangsamte meinen Schritt, um mich ihr anzupassen.

„Ich beneide Sie", sagte ich.

Ihr Kopf flog herum, um mich aus schmalen Augen anzuschauen. „Neid? Auf was, dass mein Ehemann tot ist? Dass mir meine Ranch weggenommen wird? Dass ich keinen Ort habe, an den ich gehen kann? Dass ich mittellos bin?"

Kein Wunder, dass sie verletzt aussah. Sie hatte eine schwere Last zu tragen. Sie biss auf ihre Lippe, als sie erkannte, dass sie einem Fremden zu viel erzählt hatte.

„Dass Sie in Olivia eine Freundin haben, die sich so sehr um Sie sorgt, dass sie Sie verkuppeln möchte."

Sie stolperte bei meinen Worten und ich packte ihren Ellbogen, damit sie nicht stürzte. Als ich ihn nicht losließ, musterte sie mich argwöhnisch.

„Olivia ist eine gute Freundin", bestätigte sie und blickte durch zusammengekniffene Augen in dem hellen Sonnenlicht zu mir.

Ich drehte uns, sodass sie nicht in die Sonne blicken musste.

„Sie und ihre Ehemänner denken, dass wir heiraten sollten."

„Sie nehmen kein Blatt vor den Mund", entgegnete sie.

„Bridgewater Männer erkennen ihre Frau auf den ersten Blick. Wenn sie denken, dass wir gut zusammenpassen, dann glaube ich ihnen, dass es stimmt."

Sie neigte ihren Kopf und betrachtete mich eindringlich. „Was denken *Sie*?", wollte sie mit tiefer Stimme wissen.

Sie war sehr scharfsinnig. Sie würde mit keinem

anderen Mann auf Bridgewater als mir und Tyler verkuppelt werden.

„Ich hatte eine Ehe – bis vor ungefähr zwanzig Minuten – nie in Erwägung gezogen. Ich glaube, dass die Männer völlig recht haben, dass Olivia recht hat."

„Oh?", fragte sie. Ich sah, wie ihre kühle Haltung allmählich verschwand, während ich redete.

„Blitzschlag."

Ihre Augenbrauen schossen in die Höhe und ihr Mund klappte auf. Sie wusste, wovon ich sprach, da es ihr Olivia wahrscheinlich erzählt hatte. So hatte sie sich gefühlt, als sie ihre Männer kennengelernt hatte. So hatte es auch Tylers Mutter beschrieben und so stellte er es sich vor. Hatte Tyler es gespürt, als er Emily gesehen hatte? Was ich spürte, war vielleicht nicht Liebe auf den ersten Blick, aber die Verbindung, der Funke war greifbar. Es jagte mir schreckliche Angst ein, da ich kein guter Fang war. Ich hatte dunkle Stellen tief in mir, raue Kannten, ein kühles Auftreten. Ich fickte gerne wild und grob. Emily war sicherlich zu sanft, zu zart, um auf solche Weise behandelt zu werden.

„Das Thema steht nicht zur Debatte, da Sie gerade erst Ihren Ehemann verloren haben. Ich würde es nicht wagen, Sie in Ihrer Trauer um ihn zu stören oder es auf die leichte Schulter zu nehmen, was Sie mit ihm hatten."

Ich würde mich niemals um das Interesse einer Frau eines anderen Mannes bemühen, nicht einmal eines Mannes, der nur noch als Geist lebendig war.

Da begann sie zu lachen. Sie drehte sich um und begann zu ihrem Haus zurückzulaufen. Ich runzelte die Stirn, aber lief neben ihr her, bis ich ihren Arm packen und sie anhalten konnte.

Während sie die Tränen von ihren Wangen wischte,

sagte sie: „Ich trauere nicht um Frank. Ganz im Gegenteil. Ich bin froh, dass er tot ist. Unglücklicherweise hat er selbst aus dem Grab noch großen Einfluss auf mein Leben."

Der Tonfall ihrer Stimme bezeugte den Wahrheitsgehalt ihrer Worte. Anscheinend waren sie keine Liebesverbindung eingegangen und ihr müdes und abgekämpftes Aussehen wurde nicht von Trauer, sondern etwas anderem verursacht.

„Er hat Sie mit nichts zurückgelassen", stellte ich fest, um ihre Probleme bestätigt zu wissen. Olivia hatte recht, sie musste heiraten. Sie konnte hier im Montana Territorium nichts anderes tun. Es gab keine vernünftigen freien Stellen. Selbst wenn sie eine Stelle als Wäscherin oder sogar als Hausmädchen fand, würde sie keinen Schutz haben, keinen Mann, der sie beschützte. Die Vorstellung, dass sie ganz auf sich gestellt war, ließ mich innerlich nicht kalt.

Sie würde gezwungen sein, die Stadt zu verlassen und in eine größere Stadt wie Helena oder Billings zu gehen. Aber wie würde sie die Reise unternehmen? Wenn die Bank ihre Ranch übernahm, würde sie nur noch die Kleider, die sie am Leib trug, haben, kein Geld für Essen, ganz zu schweigen für eine Kutsche. Die Last, die sie trug, war sehr schwer.

„Das stimmt." Sie blickte nach unten, vielleicht in der Hoffnung ihre Gefühle vor mir zu verbergen, und glättete ihr hellblaues Kleid. „Ich kenne Sie nicht, Mr. Xander und auch nicht Mr. Tyler. Ich werde nicht unter dem Deckmantel des *Schutzes* von einer schlechten Ehe in die nächste gehen. Den Schutz, den ich in meiner Ehe mit Frank brauchte, war der vor Frank selbst."

Ich konnte das nicht abstreiten, da sie recht hatte. Sie kannte mich nicht. Warum sollte sie sich an zwei Ehemänner binden wollen, wenn sie den einen, den sie gehabt hatte, nicht gemocht hatte? Weder Tyler noch ich waren allerdings wie Frank Woodhouse. Wir würden ihr nicht wehtun. Auch wenn ich ihr die niederen Aspekte des Fickens anbieten würde – und von zwei Männern gleichzeitig erobert zu werden – würden wir ihr auch immer Vergnügen bereiten. Sie würde wertgeschätzt und behütet, beschützt und besessen werden. Wir waren die richtigen Männer für sie und sie würde das noch früh genug begreifen.

EMILY

Während ich den Frauen dabei half, das Besteck und die Teller, Schüsseln und Platten von den Picknicktischen zu räumen und in Körbe zu legen, in denen sie nach Hause getragen werden würden, versuchte ich, mich in die Gespräche, die mich umgaben, einzubringen. Die Frauen aus der Stadt waren zwar immer vor Frank auf der Hut gewesen, hatten aber nie vor mir Angst gehabt. Sie gingen uns oft aus dem Weg, wenn wir zusammen waren, aber es hatte mich nie gestört, da ich es verstand. Nun war er tot und sie waren während des gesamten Picknicks nett zu mir gewesen und ich war froh, dass ich gekommen war. Es war schwer, bei den ganzen Gesprächen mitzukommen, während ich die zwei Männer, die zum Haus gekommen waren, im Aug behielt. Ich war dazu überredet worden, zurück zum Wagen zu kommen und wir waren schweigend in die Stadt gefahren. Nachdem Mr. Xander mich und Olivia von dem Sitz gehoben hatte, hatten die Männer an ihre Hüte getippt und waren gegangen, um ihre Teller aufzufüllen. Seitdem hatte ich nicht mit ihnen gesprochen. Aber jedes Mal, wenn ich in ihre Richtung sah, beobachtete mich einer von ihnen. Sie taten das auch nicht heimlich. Oft betrachteten mich beide und mehrere Männer aus Bridgewater. Meine Wangen wurden jedes Mal heiß und ich wandte mich ab.

Ihr Vorschlag – sogar Olivias Kuppelei – war absurd. Sie wussten nicht, was in meinem Haus abgelaufen war, was ich ertragen, was ich getan hatte. Sicherlich würde mich keiner der Männer wollen, wenn sie von der Wahrheit erfuhren. Wenn der Sheriff und der Bestatter es nicht entdeckt hatten, dann war mein Geheimnis mit Frank begraben worden. Das beruhigte meine Gedanken jedoch nicht oder verringerte die Schuldgefühle, die ich empfand. Meine Taten lasteten schwer auf meinem Gewissen.

Keiner der beiden Männer würde eine mittellose Frau heiraten wollen. Mein Vater hatte Frank Geld gegeben, damit er mich heiratete – es war legal von einem grausamen Mann zum anderen gewandert – und war an den Spieltischen verloren geworden, wie Wasser, das durch ein Sieb rann. Ich hatte einem Mann nichts zu geben, außer meinem Körper. Kein Land, kein Haus, nicht einmal Vieh. Ich war keine heiratsfähige Achtzehnjährige und ich war keine Jungfrau mehr. Würden sie nicht ein junges, unschuldiges Ding als Braut haben wollen? Wenn ich mich so umsah, zählte ich mindestens fünf geeignete Kandidatinnen, die viel hübscher waren als ich. Aber nein.

Ich blickte zu den Männern, die an einem der Tische lehnten und Metallbecher in den Händen hielten, aus denen sie Bier tranken, das aus dem Fass, das im Schatten am Bach stand, gezapft worden war. Ihre Augen lagen auf mir. Ein helles Paar, das andere dunkel. In ihren Blicken schimmerten Begehren und sexuelle Versprechen. War es das, was sie von mir wollten? Natürlich. Jeder Mann wollte seine Bedürfnisse mit dem Körper seiner Ehefrau befriedigen. Die zwei könnten jede Frau haben, die sie wollten, sie könnten sogar für ein oder zwei Mädchen aus dem Saloon zahlen. Sie mussten niemanden heiraten, vor allem nicht mich. Es war das warum des Ganzen, das ich nicht verstand.

„Mrs. Woodhouse."

Eine tiefe Stimme durchbrach meine Träumerei und ich unterbrach den Blickkontakt zu den Männern.

Nachdem ich mich auf den Fersen umgedreht hatte, stand ich *ihm* gegenüber.

Ich machte einen Schritt zurück, aber er holte wieder zu mir auf. Er hatte gesagt, sein Name wäre Ralph, als er neulich vorbeigekommen war. Frank war erst an jenem Morgen beerdigt worden, als er an die Tür geklopft hatte. Er hatte sich ins Haus gedrängt, indem er mich zurückgeschubst hatte. Der Mann war brutal. Ein Tyrann. Nach seinem Geruch zu urteilen, hatte er seit längerer Zeit nicht gebadet. Seine dunklen Haare waren dort, wo sie unter dem Hut hervorragten, fettig und verfilzt. Er weigerte sich, seinen Hut abzunehmen. Auch wenn es auf seine fehlenden Manieren vor einer Dame hinwies, hatte ich diesen Hinweis nicht gebraucht. Nichts an ihm deutete darauf hin, dass er ein Gentleman war.

„Ich habe Ihnen die Zeit gegeben, damit Sie *denken*, Sie hätten eine Wahl, Mrs. Woodhouse."

Ich kräuselte meine Nase bei seinem übelriechenden Atem. Ich trat einen weiteren Schritt zurück und dieses Mal folgte er mir nicht. Die leichte Brise half, den Gestank seines intensiven Körpergeruchs zu vertreiben.

„Sie werden Samstagabend an die Hintertür des Saloons kommen. Sie müssen sich keine Gedanken um Ihre

Garderobe machen, da ich mir sicher bin, dass Sie mit etwas…oder vielleicht gar nichts ausgestattet werden, das für Ihre neue Rolle angemessener ist."

Seine Augen wanderten über meinen Körper und ich fühlte mich schmutzig.

Ich schüttelte meinen Kopf. „Ich bin für die Schulden meines Mannes nicht verantwortlich."

Er grinste, wodurch die Zahnlücke in seiner unteren Zahnreihe sichtbar wurde.

„Er schuldet mir fünf Zehner. Sie werden sie abbezahlen oder ich werde dem Sheriff erzählen, wie Ihr Mann gestorben ist."

Meine Augen weiteten sich und ich spürte, wie mir alles Blut aus dem Gesicht wich. Dunkle Flecken blitzten um den Kopf des teuflischen Mannes auf.

In dem Versuch, nicht ohnmächtig zu werden, holte ich tief Luft. Ich war niemand, der leicht in Ohnmacht fiel und ich würde jetzt nicht damit anfangen. „Wie…was? Ich weiß nicht, wovon Sie sprechen."

Er gluckste und wackelte mit den Augenbrauen. „Ich schätze Bratpfannen sind nicht nur zum Kochen von Kartoffeln geeignet."

Er wusste es. Oh, Gott, er hatte gesehen, wie ich Frank geschlagen hatte. Aber wie? Es war spätnachts gewesen. Das Haus war dunkel gewesen. Er konnte es nicht wissen.

Er grinste, aber ohne irgendeine Wärme. Seine Hand hob sich, um mich zu berühren, aber ich stolperte rückwärts.

„Nehmen Sie sich aus dem Haus, was Sie wollen."

Das Grinsen verblasste nicht, als er sagte: „Ich möchte keine *Dinge*, Mrs. Woodhouse. Ich will Sie. *Sie* werden seine Schulden bezahlen. Kommen Sie in die Stadt oder ich werde Sie an den Haaren dorthin ziehen."

„Mrs. Woodhouse, wir haben ein Stück Kirschkuchen für Sie aufgehoben."

Die Stimme riss mich aus meinen Gedanken. Ich drehte mich steif um und sah Mr. Tyler zu meiner Rechten stehen. Wann hat er sich genähert? In seiner Hand hielt er tatsächlich ein Kuchenstück.

„Möchten Sie mich nicht Ihrem Freund vorstellen?", fragte er mit tiefer Stimme. Er musterte Ralph aufmerksam.

5
———

MILY

ERLEICHTERUNG DURCHFLUTETE MICH, als ob ich in einen kalten Bach getaucht worden wäre. „Nein, ich denke nicht." Ich schenkte ihm ein Lächeln, aber hatte Angst, dass es ein bisschen zittrig war. „Der Kuchen sieht wunderbar aus. Dankeschön."

Er reichte mir seinen Arm, den ich gerne ergriff und mich dann von ihm wegführen ließ.

Ich blickte über meine Schulter und Ralph stand noch dort, wo ich ihn zurückgelassen hatte, und beobachtete mich.

Ich wandte mich ab.

„Hat dieser Mann Sie belästigt?", fragte Mr. Tyler.

Mit jedem Schritt, den wir uns von Ralph entfernten, fühlte ich mich besser. Ich war so froh, diesem schrecklichen Mann entkommen zu sein, dass ich Mr. Tyler für die Rettung küssen wollte. Ralph war mein Problem.

Was er wusste, war mein Problem. Es war mein Geheimnis, das ich bewahren und lösen musste. Mein Vater hatte mich dem ersten Mann übergeben, der die gleichen Vorstellungen wie er in Bezug auf eine pflichtbewusste Frau hatte. Die hatte ich nicht erfüllen können und Frank hatte mich dementsprechend behandelt. Er hatte all unser Geld verloren, hatte sich nicht genug aus mir gemacht, um mich zu beschützen und die Ranch anständig zu betreiben. Ich konnte mich nur auf mich selbst verlassen. So viel wusste ich.

Wenn Mr. Tyler die Wahrheit erfahren würde, könnte er mich sogar ins Gefängnis werfen lassen. Nach dem, was Frank mir angetan hatte, würde ich nicht ins Gefängnis gehen, also würde ich mein Geheimnis bewahren.

„Ich habe seine Gesellschaft zwar nicht genossen, aber er hat mich nicht belästigt", versicherte ich Mr. Tyler und versuchte die Situation herunterzuspielen.

Mr. Xander näherte sich uns, aber beobachtete dann, wie Ralph ins Stadtzentrum davonlief, höchstwahrscheinlich zum Saloon.

„Ist er unser Konkurrent?", fragte Mr. Xander und strich über seinen Bart.

Ich konnte das Lachen, das mir entwich, nicht zurückhalten. Der plötzliche Adrenalinstoß von dem Gespräch verflog und ich fühlte mich müde. Ralph war ganz und gar *nicht* wie die zwei Männer vor mir. Er hatte einen Bierbauch und war übergewichtig. Ein Doppelkinn verdeckte seinen Hals. Zudem war er rücksichtslos grausam. Nichts an dem Mann war anziehend, nicht ein einziges fettiges Haar auf seinem Kopf.

Mr. Xander und Mr. Tyler waren jedoch schier perfekt. Obwohl einer blond und der andere dunkel war, wirkten sie beide attraktiv auf mich. Sie waren groß und breit und muskulös. Allein ihre Größe hätte sie tyrannisch und gefährlich wirken lassen sollen. Stattdessen waren sie dominant und stark. Ich sehnte mich danach, in ihren Armen gehalten und von ihren wohldefinierten Muskeln beschützt zu werden.

„Davor müssen Sie keine Angst haben", beruhigte ich ihn.

Das Picknick kam langsam zu einem Ende. Familien liefen entweder nach Hause oder fuhren in ihren Wägen davon, kleine Kinder schliefen auf Decken auf der Ladefläche. Niemand befand sich in unserer Nähe. Ich sah nicht einmal mehr die Bridgewater Familien. Die Sonne war über den Himmel gezogen, aber es war noch immer warm.

„Olivia hat uns aufgetragen, Ihnen von ihr auf Wiedersehen zu sagen. Ihre Männer haben sie nach dem Essen mit einiger Eile nach Hause gebracht."

Ich konnte mir zusammenreimen, was das bedeutete und meine Wangen erröteten. Ich freute mich für meine Freundin, dass sie Männer hatten, die sie so vergötterten und so gierig nach ihr waren. Ich spürte einen Anflug von Neid auf das, was sie hatte und nach dem ich mich mit Frank gesehnt, es aber nie gehabt hatte.

Ich nickte kurz zur Antwort, denn was konnte ich schon sagen?

„Ich hoffe, Sie werden unsere Begleitung nach Hause akzeptieren", fügte Xander hinzu. Nach dem Ton seiner Stimme zu schließen und der Art, wie er den Satz nicht als Frage stellte, ging ich davon aus, dass er nur höflich war, indem er mir den *Eindruck* gab, ich könnte es verweigern.

„Sie müssen wissen, wir würden nicht erlauben, dass Sie diese Entfernung allein bewältigen", erklärte Mr. Tyler.

Sie waren beide Gentlemen und auch wenn mich ihre Gegenwart aus der Fassung brachte, fühlte es sich gut an, zu wissen, dass sie um mich besorgt waren. Ich war den Weg zur Stadt viele Male allein gegangen. Frank war es egal gewesen.

„Na schön."

„Xander hat mir von Ihrem Gespräch erzählt." Ich wusste nicht, wovon Tyler sprach. Als ich nichts erwiderte, fuhr er fort: „Darüber uns zu heiraten. Sie haben mein Wort –"

„Unser Wort", unterbrach ihn Mr. Xander.

„Unser Wort, dass kein Mann Sie jemals wieder belästigen würde." Er neigte sein Kinn, um zu der Stelle zu zeigen, wo ich mit Ralph gestanden hatte.

Ich konnte seinem Blick nicht standhalten, da ich sah, wie ernst er es meinte. Beide meinten ihre Worte ziemlich ernst.

„Sie kennen mich nicht einmal!", entgegnete ich, trat um sie herum und lief davon.

„Ich muss Sie nicht kennen, ich muss es nur *wissen*", rief Tyler.

Ich schüttelte meinen Kopf und lief weiter. Ich spürte die Wahrheit seiner Worte, da die Männer – verrückterweise – etwas tief in mir berührten. Ich glaubte ihnen, wenn sie behaupteten, dass sie mich beschützen würden und ich konnte mir nur vorstellen, wie es sich anfühlen würde, in der Umarmung eines Mannes beschützt zu sein. In der Umarmung zweier Männer.

Ich lief an dem offenen Feld vorbei, an dem das Picknick abgehalten worden war und in Richtung Süden nach Hause. Nun ja, meinem Zuhause für die nächsten paar Tage, bevor der Mann von der Bank kam, um mich rauszuwerfen. Ich hörte ihre Schritte hinter mir.

„Sie rennen weg, weil Sie Angst haben", sagte Tyler.

Seine Worte stoppten mich und ich machte auf der Hacke kehrt.

„Angst? Sie haben verdammt nochmal recht, dass ich Angst habe!", schrie ich und stemmte meine Hände in die Hüften.

Xander tat das Gleiche und ahmte meine Haltung nach. „Eine solche Sprache sollte nicht aus Ihrem Mund kommen. Wenn Sie die Meine wären, würde ich Ihnen den Hintern versohlen."

Ich starrte Xander aus schmalen Augen an. Ich reagierte instinktiv auf ihn. Ich wollte den Mann erwürgen, weil er so anmaßend war, während sich meine Brustwarzen bei der Vorstellung, dass er mich über sein Knie legen würde, unter meinem Korsett zusammenzogen.

„Angst vor *uns*", stellte Tyler klar. „Es gibt keinen Grund vor irgendetwas anderem Angst zu haben. Wir werden Sie beschützen."

Mich vor Ralph beschützen? Davor eine Hure zu werden? Vor dem Gefängnis oder noch schlimmer einer Schlinge um mein Genick?

War das überhaupt möglich? Konnten sie mich retten? Mich wie ein muskulöses Schild vor dem teuflischen Mann beschützen?

„Wir würden dir Vergnügen bereiten, Emily." Es war das erste Mal, dass einer von beiden meinen Vornamen verwendete und mich duzte. Als Mr. Xander ihn aussprach, klang es wie das raue Grollen von Steinen. Dunkel und tief wie seine Persönlichkeit.

Meine Augenbrauen hoben sich. „Mir Vergnügen bereiten? Wie mir Schokolade und solch frivole Dinge zu bringen? Sie denken, dass ich so etwas will?"

Mr. Xander trat einen Schritt näher zu mir, seine Augen lagen auf meinem Mund.

„Ich denke, du willst von zwei Männern gefickt werden, die wissen, was sie tun. Die dein Vergnügen, deine Bedürfnisse an erste Stelle stellen. Ich denke, du willst, dass wir dir all deine Sorgen abnehmen, dass wir deinen hübschen kleinen Kopf dazu bringen, all deine Probleme zu vergessen. Nach dem Feuer in deinen Augen zu urteilen, könnte das sogar bedeuten, deinen nackten Hintern so richtig zu versohlen."

Mein Mund klappte auf und meine Wangen wurden bei seinen Worten flammend heiß. „Wie können Sie es wagen!"

„Emily, wenn es eine Person im ganzen Montana Territorium gibt, die sich unterwerfen muss, dann bist es du."

„Unterwerfen?" Mein Herz schlug so wild gegen meine Brust, dass ich dachte, es würde herausspringen. Ich atmete schwer und war unglaublich verärgert. Diese Männer brachten mich völlig in Rage. „Ich habe mich Frank zwei Jahre lang unterworfen", schrie ich. Tränen ließen die Männer vor meinen Augen verschwimmen und ich wischte sie wütend mit meinen Fingern weg. „Wenn Sie so etwas von einer Frau erwarten, dann möchte ich nichts mit Ihnen zu tun haben."

„Wir möchten nicht, dass du dich uns auf diese Weise unterwirfst, Baby", erklärte Mr. Tyler und trat näher zu mir. „Uns deine Probleme, deinen Körper, dein Vertrauen zu geben. Das ist Unterwerfung."

„Olivia unterwirft sich ihren Männern", fügte Mr. Xander hinzu.

Tat sie das? Ich dachte an meine Freundin. Simon, Rhys und Cross würden ihr kein Haar krümmen. Tatsächlich würden sie sie mit ihrem Leben beschützen. Sie wirkte nicht eingeschüchtert oder erniedrigt, wie es eine Frau sein würde, die sich ihren Männern unterwarf.

„Genauso wie die anderen Frauen", fuhr Mr. Tyler fort. „Laurel, Emma, Rebecca. Die anderen auch. Glaubst du, sie sind unglücklich?"

Sie waren die glücklichsten Frauen, die ich kannte. Auf der Ranch sah ich die offene Zuneigung. Händchenhalten, ein Streicheln der Knöchel über eine Wange, ein zarter Kuss. Ich war so verwirrt. Ich verstand diese Art der Unterwerfung nicht, da ich nur Unterwürfigkeit und Elend kannte. Ich war nicht wertgeschätzt worden, hatte nicht die sanfte Liebkosung von Franks Hand gespürt. Er hatte mich kaum geküsst. Diese Männer boten mir Dinge an, erwarteten Dinge von mir, die ich nicht einmal verstand. Sie waren überwältigend!

„Du hast dich vielleicht deinem Mann unterworfen, Emily, aber er hat dir im Gegenzug nicht gegeben, was du verdienst. Wir werden dir zeigen, wie es sein sollte. Sein *wird*. Wir werden mit deinem Körper Dinge tun, die du dir nie vorgestellt hast. Du gibst uns, was wir wollen und wir werden dir genau das geben, was du brauchst."

„Da du so verwirrt aussiehst, erkläre ich es besser", stellte Mr. Xander fest. „Wir werden dich ficken. Deine Pussy, deinen Mund. Deinen Hintern. Ich wette deine Nippel sind momentan hübsch rosa und aufgerichtet in diesem steifen Korsett. Mir gefällt es, sie zu zwicken, an ihnen zu ziehen. Ich werde nicht sanft sein, Emily. Das kann ich nicht, aber ich schwöre, dass du es lieben wirst."

Mein Mund klappte bei Mr. Xanders sehr eindrücklichen Worten auf. Meine Brustwarzen *waren* hart, wie er es gesagt hatte. Mir gefiel die Vorstellung, die hinter seinen dunklen Worten steckte und das machte mich... verrückt. Es war verrückt, dass ich von solchem Gerede erregt wurde.

„Wir werden dich gemeinsam nehmen, Emily", fügte

Mr. Tyler hinzu. Sie umzingelten mich, bombardierten mich so schnell mit mentalen Bildern und Gedanken, dass ich nicht mitkam. „Du wirst umringt und überwältigt sein, wirst genommen werden."

„Ich kann nicht...das ist zu viel. *Sie* sind zu viel." Ich drehte mich um und lief weiter. Wie sollte ich klar denken können, wenn sie so...groß waren? So männlich. Gott, ich wollte, was sie gesagt hatten. Ich wollte sicher zwischen ihnen sein und wissen, dass man sich um mich kümmerte. Wie es wohl sein würde, keine Sorgen zu haben und vor Menschen wie Ralph in Sicherheit zu sein oder nicht rechtmäßig mit einem brutalen Kerl wie Frank verheiratet zu sein? Ich bezweifelte, dass ich mich jemals wieder nachts allein im Bett berühren müsste, wenn ich sie heiratete.

„Möchtest du, dass wir dich zum Wagen bringen oder wünschst du zu laufen?", erkundigte sich Mr. Tyler, der mir immer noch folgte, wenn auch nicht zu nah. Ich war überrascht von seiner Frage, da es ein ganz anderes Thema war, aber ich freute mich, dass er das hitzige Gesprächsthema nicht weiterverfolgte.

„Laufen", antwortete ich. Und das tat ich auch. Ich lief ein weiteres Mal den Weg nach Hause, aber dieses Mal befanden sich auf dem gesamten Weg zwei Männer hinter mir. Sie sagten nichts mehr, bis das Haus in Sicht kam.

„Wir werden dich von hier beobachten", versprach Mr. Tyler.

Ich drehte mich um. Sie wurden von der untergehenden Sonne hell erleuchtet. Kleine Fältchen formten sich in ihren Augenwinkeln, als sie ihre Augen zusammenkniffen.

„Dankeschön, dass Sie mich nach Hause begleitet haben." Meine guten Manieren schrieben mir diese Antwort vor.

„Wir möchten dich heiraten, Emily. Wir wollen, dass du

die Unsere wirst. Wir werden dir Zeit zum Nachdenken geben. Damit du dich entscheiden kannst. Du weißt, wo du uns finden kannst, falls du irgendetwas benötigst."

Mr. Tylers Stimme war ruhig, aber seine Absicht ernst.

„Blitzschlag, Emily", erinnerte mich Mr. Xander.

Mr. Tyler nickte und lächelte. „Genau. Es ist genau wie ein Blitzschlag."

Ich antwortete nicht, sondern drehte mich nur auf der Ferse um und lief den restlichen Weg zum Haus. Ich musste nachdenken. Sehr viel und ich hegte die Befürchtung, dass meine Gedanken mit diesen dominanten Männern gefüllt sein würden anstatt damit, was ich wegen Ralph unternehmen sollte.

6

MILY

„*Versteck dich nicht vor mir! Ich werde dich finden und dann werde ich dich verprügeln, dann wirst du deine Pflichten als Ehefrau erfüllen.*"

So wie er seine Worte lallte und herumstolperte, wusste ich, dass Frank betrunken war. Wieder einmal. Wenn er nüchtern war, ignorierte er mich, aber wenn er sternhagelvoll mit billigem Whiskey und wütend zurückkehrte, weil er beim Kartenspielen noch mehr Geld verloren hatte, war er ausgesprochen fies.

Er hatte mich nur ein paar Mal geschlagen, aber meistens kam er spät, betrunken und begierig darauf, sein Verlangen mit meinem Körper zu befriedigen, nach Hause. Ich wollte ihn nicht wieder auf mir liegen haben, während er nach Zigarettenrauch, dem billigen Parfüm der Saloon Mädchen und wie der Boden einer Whiskeyflasche roch. Er taumelte die Treppe hoch und fluchte dabei laut.

Ich umfasste die Bratpfanne fester, während ich wartend im Schlafzimmer stand.

Ich würde mich nicht verstecken, ich würde mich nicht von ihm berühren lassen. Nicht mehr.

Ich sah seine dunkle Gestalt im Flur. Die Nacht war klar und der Mond schien hell durch die Fenster.

„Da bist du ja", knurrte er. „Wo zur Hölle ist das Geld? Es ist nicht im Glas in der Küche."

Ich drückte mein Rückgrat durch, während ich einen Schritt auf ihn zutrat. Die Tatsache, dass er mehr daran interessiert war, unser Geld zu verspielen als mit mir zu schlafen, sprach für sich. Er war mit Sicherheit verzweifelt. Die Bratpfanne hing an meiner Seite und er hatte sie noch nicht entdeckt. Sie war nicht die beste Waffe, aber er hatte das Gewehr mit sich in die Stadt genommen. Ich hatte nichts anderes zu meinem Schutz als die Pfanne, mit der ich ihm sein Frühstück kochte.

„Ich habe es versteckt", antwortete ich. Ich versuchte das Zittern in meiner Stimme zu verbergen, obwohl er wahrscheinlich zu betrunken war, um es zu hören.

„Ich schulde Ralph das Geld. Du holst es jetzt sofort!" Er fuchtelte mit seinen Armen.

Ich erschrak, aber blieb standhaft. Ich schluckte, dann holte ich tief Luft. „Nein."

Es war das erste Mal, dass ich ihm offen etwas verweigerte. Das Geld war für Essen gedacht, nicht um es in einem Kartenspiel zu verlieren.

„Was hast du gerade gesagt?" Selbst im Dunkeln sah ich das düstere Glühen in seinen Augen. „Warum, du kleine – "

Ich schrie, als er mit erhobenem Arm, geballter Faust und bereit zum Zuschlagen auf mich zukam. Ich war ebenfalls bereit.

Ich wich zur Seite aus und schwang die Pfanne mit aller Kraft. Sie traf ihn, hart, und ich erschauderte. Das Geräusch eines übelerregenden Krachens durchbrach die stille Nacht.

Er brach auf dem Boden zusammen und ich stand über ihm. Er bewegte sich nicht. Er atmete nicht – ich konnte sein übliches schwerfälliges Keuchen nicht hören. Ich ließ die Bratpfanne fallen. Sie schlug mit einem lauten Knall auf dem Boden neben meinen nackten Füßen auf.

Ich rannte ins Schlafzimmer, zündete die Lampe an und trug sie in den Flur. Als ich auf meine Knie fiel, konnte ich sehen, dass sein Schädel auf einer Seite eingeschlagen war. Seine Augen, die in den letzten Monaten mit so viel Hass gefüllt gewesen waren, starrten ausdruckslos nach oben.

Ich konnte ihn dort nicht liegen lassen. Der Sheriff würde es wissen. Niemand fiel einfach so hin und schlug sich die Seite seines Kopfes ein. Ich musste dafür sorgen, dass es wie ein Unfall aussah, als ob er betrunken hingefallen wäre. Die Treppe! Ich drückte gegen ihn, dann wich ich zurück aus Angst, dass er wieder aufspringen und mich schlagen würde. Nein. Seine Augen waren leer. Er war definitiv tot. Das Gesicht vor Anstrengung verziehend, schob ich ihn näher zur Treppe. Sein totes Gewicht – ich würgte einmal, als ich daran dachte, was ich getan hatte – war nur schwer zu bewegen. Als ich ihn endlich gefährlich nah zur obersten Stufe bewegt hatte, schwitzte ich in meinem Nachthemd. Entschlossen drückte ich mit einem tiefen Stöhnen gegen ihn. Er stürzte nach unten, traf dabei jede Stufe, bis er als Haufen am Fuß der Treppe liegen blieb.

Galle kroch mir die Kehle hinauf, während ich auf meinen toten Ehemann blickte. Was hatte ich getan? Ich packte die Lampe und rannte ins Schlafzimmer, schlug die Tür hinter mir zu.

Ich erwachte mit einem Keuchen. Frank war nicht hier. Er verfolgte mich nicht. Er war tot und vergraben und ich war in Sicherheit, zumindest vor ihm. Mein Nachthemd war um mich geschlungen, meine Haut mit kaltem Schweiß überzogen. Ich atmete mehrmals tief ein, um mein rasendes Herz zu beruhigen. Ich *war* in Sicherheit. Ich war allein im Haus. Ich erschauderte einmal, zweimal, während ich mich an das Gefühl seines toten Körpers erinnerte, als ich ihn die Treppe hinabgestoßen hatte.

Nachdem ich mich einigermaßen beruhigt hatte, legte ich mich wieder zurück und zog die Decke über mich. Schlaf würde ich nun keinen mehr finden. Ich versuchte das Wissen, dass ich meinen Ehemann getötet hatte, zu verdrängen. Es war jetzt nicht mehr wichtig. Jeder glaubte die Geschichte, die ich erzählt hatte. Warum sollten sie auch etwas anderes denken als das, was ich berichtet hatte? Frank war ein Trinker. Jeder in der Stadt wusste das. Wer sollte schon an meinen Worten zweifeln, wenn er nach einer Nacht des Saufens und Spielens die Treppe hinabfiel? Der Sheriff hatte den Körper selbst untersucht und mir die Todesurkunde, ohne groß Fragen zu stellen, übergeben.

Allerdings kannte Ralph die Wahrheit. Ich wusste nicht wie, aber er wusste es. Die Angst kehrte zurück, diese nagende Sorge in meinem Magen. Vielleicht bluffte er nur, aber das war egal. Ich konnte es nicht riskieren. Frank hatte mich mittellos zurückgelassen und Ralph war auf mehr aus. Ich hatte ihm alles angeboten, was er auf dem Grundstück finden konnte. Es gehörte sowieso alles zur Ranch. Aber er wollte nichts und würde nicht aufgeben, bis er bekam, was er wollte. Er wusste es und erwartete immer noch, dass ich mich im Austausch als Hure verkaufen würde.

Frank war tot eine genauso große Hilfe für mich wie lebendig. Da er nun tot war, musste ich mich immerhin nicht mehr darum sorgen, ob er betrunken nach Hause kommen und meinen Körper benutzen wollen würde. Ich musste mir keine Sorgen darum machen, ob er das Essensgeld stehlen würde, um es zu verspielen. Ich war jahrelang an den furchtbaren Mann gebunden gewesen. Bis ich das Problem mit Ralph löste, würde ich allerdings nicht wahrhaftig frei sein. Er erwartete eine Bezahlung und kommenden Samstag würde ich die Seine sein.

Ich dachte an die Familien auf Bridgewater. Olivia war mit drei Männern verheiratet. Drei! Simon, Cross und Rhys waren *überhaupt nicht* wie Frank. Sie waren freundlich und liebevoll und selbstbewusst und sie vergötterten und liebten Olivia, als ob sich Sonne und Mond um sie drehen würden. Sie waren auch sehr beschützend und...dominant mit ihr, aber sie schien davor nicht zurückzuschrecken, wie ich es bei Frank getan hatte. Genauso wie es Mr. Tyler und Mr. Xander gesagt hatten, unterwarf sie sich ihnen.

Wollte ich mich den zwei Männern unterwerfen? Sie hatten mir die Ehe angeboten und alle Versprechen, die damit einhergingen. Aber wollte ich sie heiraten und ihnen erlauben, in Kontrolle und dominant zu sein, sowie die Verantwortung zu tragen? Würden sie wie Frank oder eher wie Olivias Männer sein? Die Möglichkeit, dass die zwei mir meine Bürden abnehmen würden, klang traumhaft. Ich war eine gute Ehefrau gewesen, eine pflichtbewusste Ehefrau für Frank, aber er war kein würdiger Ehemann gewesen. War das das Problem gewesen? War Frank das Problem gewesen? Würden sie meine Bedenken beruhigen können? Konnten sie mich vor Ralph beschützen?

Natürlich konnten sie das. Ich setzte mich ein weiteres Mal im Bett auf und lauschte den sanften Geräuschen der Nacht. Die Männer waren meine einzige Option. Wenn ich sie heiratete, würde mich Ralph in Ruhe lassen und aufgeben müssen. Er würde nicht mit Mr. Tyler oder Mr. Xander kämpfen wollen. Er hätte keine Chance gegen sie. Ich wusste von Olivia, dass die beiden einen Tagesritt entfernt von Bridgewater eine Rinderfarm führten. Wenn ich sie heiratete, würde Ralph vielleicht nicht einmal wissen, wohin ich gegangen war. Die Männer konnten mich wortwörtlich von meinen Problemen wegbringen.

Der Preis dafür wäre allerdings meine Freiheit. Mein Körper. Mein Leben. Ich müsste ihnen alles geben. Das hatten sie mir sehr detailreich erzählt. Sie wollten mich *ficken*. Allein der Gedanke wärmte meinen Körper. Ich schob die Decke von meinen Beinen. Wie würde es sein, zwei Männer zu haben? Könnte ich damit umgehen? Wenn Olivia drei Männer befriedigen konnte, konnte ich doch sicherlich die Bedürfnisse von zwei Männern erfüllen. Oder nicht? Ich war keine Jungfrau oder jung. Ich wusste dennoch nichts über die sexuellen Dinge, von denen sie gesprochen hatten. Was, wenn ich nicht genug war? Was, wenn ich sie nicht zufriedenstellen konnte?

Ich stöhnte. Ich dachte im Kreis. Die Lösung meiner Probleme war vor mir gestanden. Zwei große, gutaussehende, starke Männer. Meine Fähigkeiten im Schlafzimmer waren mein kleinstes Problem. Ich hatte einen gesamten Tag damit verschwendet, über sie nachzudenken. Hatten sie ihre Meinung geändert? Was, wenn sie auf dem Weg zurück zur Stadt eine andere Frau gefunden hatten, die ihnen gefiel? Waren sie so unehrenhaft? Bei dieser Möglichkeit geriet ich in Panik. Mitten in der Nacht könnte nichts passieren. Ich konnte nichts tun, außer auf den Morgen zu warten, mein bestes Kleid anzuziehen, nach Bridgewater zu reiten und es herauszufinden.

XANDER

Ich konnte es nicht glauben, dass sie an unsere Tür geklopft und zugestimmt hatte, uns zu heiraten. Sie war allein wegen uns zur Bridgewater Ranch, zu Kane und Ians Haus geritten. Nicht um Olivia zu besuchen. Als ich die Treppe hinabgelaufen war, sie dort hatte stehen sehen und die Worte „Ich werde euch beide ficken" von ihren Lippen gehört hatte, war ich verblüfft gewesen. Auch wenn ich mich danach gesehnt hatte, dass eine Frau diese Worte aussprach, hatte ich doch nie erwartet, dass es passieren würde. Es war verdammt heiß und absolut furchteinflößend.

Tyler war mit dem Wissen aufgewachsen, dass er zwei Väter hatte, dass sie seine Mutter geheiratet hatten und sich gemeinsam teilten. Die Dynamik einer solchen Beziehung war eine Lebenseinstellung für ihn. Ich hatte seine drei Eltern kennengelernt und gesehen, wie gut es funktionierte, wie die zwei Männer Tylers Mutter liebten. Sie waren völlig vernarrt in sie. Schätzten sie. Beschützten sie.

Ich war einer Frau nicht würdig, da meine Vergangenheit beschissen war. Welche Frau – selbst eine verzweifelte Witwe – würde einen Sträfling als Ehemann wollen? Ich hatte kein einziges Elternteil gehabt, ganz zu schweigen von dreien wie Tyler.

Aber ich wollte sie und das hatte ich ihr auch gesagt. Es bedeutete nicht, dass ich nicht gut für sie wäre. Ich war egoistisch gewesen, aber ich wollte nicht, dass irgendein anderer Mann als Tyler und ich sie bekam.

Ich fühlte mich besser mit dem Wissen, dass meine Frau auch Tyler haben würde. Tylers Sitten – Bridgewaters Sitten – beschützten Emily vor mir, vor meiner Vergangenheit. Wenn mir irgendetwas passierte, würde sie bei Tyler in Sicherheit sein.

Nachdem wir sie am Tag zuvor verlassen hatten, hatte ich angenommen, dass Tyler und ich sie umwerben müssten, vielleicht sogar die angemessene Zeitspanne auf Bridgewater bleiben und ihr den Hof machen müssten. Wie zum Henker das gemacht wurde, wusste ich allerdings nicht. Ich konnte nur hoffen, dass Tyler wusste, was zu tun war. Das direkte Vorgehen hatte nicht funktioniert, da wir zusehen mussten, wie sie davon stapfte, aufgebracht von unserem Gespräch und das nicht auf gute Weise. Ich würde ein einfaches Umwerben wahrscheinlich versauen, da ich nicht der schmeichelnde Typ war. Ich hatte ihr unverblümt erzählt, was wir mit ihr tun würden und ich hatte Angst, dass ich sie zu sehr bedrängt hatte. Allerdings war ich ehrlich gewesen. Sie hatte genau gewusst, wie wir waren.

Aber als sie in der Diele gestanden hatte, bildhübsch und gesagt hatte, dass sie uns beide ficken würde, war ich fast in meiner Hose gekommen. Ich war nicht der Sanfte von uns zweien. Ich würde Emily nicht wehtun, auf keinen verdammten Fall, aber die Dunkelheit in mir machte mich streng. Grob. Fordernd. Ich war überwältigend und möglicherweise sogar angsteinflößend für jemanden so unschuldigen und...zerbrechlichen wie Emily.

Als ich ins Gefängnis gesteckt worden war, hatte ich die Kontrolle über mein Leben verloren. Jetzt, da ich frei war, hielt ich diese Macht mit aller Kraft fest und weigerte mich, sie irgendjemandem zu geben, nicht einmal einer kleinen Frau. Als ich Emily also gegen die Eingangstür gedrückt hatte, auf meine Knie gefallen war, ihren Schlüpfer ausgezogen und ihre süße Pussy mit meinem Mund verwöhnt hatte, hatte sie sofort gewusst, dass ich kein zärtlicher Liebhaber sein würde.

Als Tyler dran gewesen war, hatte der Anblick, wie sie sich seinen Berührungen so hübsch unterworfen hatte – sie hatte nicht einmal gewusst, dass sie es getan hatte – dafür gesorgt, dass ich ihren Geschmack auf meiner Zunge genoss. Sie war für ihn so wunderschön, so hingebungsvoll gekommen.

„Fuck", murmelte ich, während ich für die Reise zur Stadt, um den Sheriff zu holen, das Pferd sattelte. Da er auch ein Friedensrichter war, hatte er schon zuvor eine Bridgewater Hochzeit abgehalten und war vertraut mit der Eile. „Wir müssen uns beeilen."

Ich konnte es nicht erwarten, zurückzukommen und Tyler die Worte sagen zu hören. Dass er sie rechtmäßig zu der Seinen machte. Sie würde auch die Meine sein. Nur weil die Gesetze es nicht erlaubten, dass sich zwei Männer eine Frau teilten, bedeutete das nicht, dass meine Ehre mich nicht genauso ernsthaft an sie binden würde.

„Ich weiß. Meine Güte", entgegnete Tyler. Er fuhr mit der Hand über seinen Nacken und schüttelte seinen Kopf.

Es war keine Überraschung, dass sie zugestimmt hatte, Tyler zu heiraten. Er war ein Mann, den jede Frau wollen würde. Er war reich, im Montana Territorium mächtig und führte ein erfolgreiches Rindergeschäft, das von seinen zwei Vätern gegründet worden war. Frauen drehten ihre Köpfe nach ihm um, wenn sie an ihm vorbeiliefen und er war ein fähiger Liebhaber. Die Art und Weise, wie er Emily zum Höhepunkt gebracht hatte, war der Beweis dafür.

Ich schob meinen Schwanz in eine bequemere Position, während wir auf die Pferde stiegen, und dachte an ihr Gesicht, als sie zum Höhepunkt gekommen war. Emily hatte zugestimmt, zu Olivia zu gehen, während wir zur Stadt ritten. Unsere Eile hatte sie nicht gestört und sie hatte darauf bestanden, dass die Zeremonie auf Bridgewater abgehalten wurde. Tatsächlich wollte sie die Formalitäten genauso schnell erledigt wissen, wie wir. Hatte ihr Orgasmus sie so begierig nach weiteren gemacht?

„Sie hat Ja gesagt", stellte ich fest, wobei Überraschung in meinen Worten mitschwang. Ich drehte mein Pferd Richtung Stadt und drückte es mit meinen Schenkeln, um es in Bewegung zu setzen.

Tyler drehte seinen Kopf und grinste. Er ritt neben mich. „Sie hat Ja gesagt. Ich kann sie immer noch schmecken."

Sie schmeckte süß wie Honig, aber auch nach Moschus und schon fast dekadent. Sie war wie der edelste Whiskey. Ich wollte mehr.

„Du hättest ihr Gesicht sehen sollen, als sie kam. Sie ist so verdammt hübsch."

Tyler stöhnte. „Ich glaube nicht, dass sich ihr Mann um sie gekümmert hat."

Ich schüttelte meinen Kopf. Der Mann hatte sie auf keinen Fall im Bett befriedigt. So wie sie auf uns reagierte, so mühelos und so überrascht, wirkte es fast, als wäre sie nie zuvor für einen Mann gekommen. Wenn das der Fall war, hatte sie jetzt einen Hinweis darauf, wie es später, nach der kurzen Zeremonie, sein würde.

Wie gut, dass ihr Arschloch Ehemann tot war, sonst hätte ich ihn nochmal getötet. Es war mir egal, ob ich dafür zurück ins Gefängnis wandern würde. Emily verdiente es nicht, mit einem Säufer zusammen zu sein, der sie nicht gut behandelte. Sie verdiente jeden Tag Orgasmen von ihren Männern. „Sie war überrascht, dass wir sie an der Tür genommen haben."

„Und am Tag."

„Und mit unseren Mündern."

Mein Schwanz war wieder hart. Fuck. Ich gab meinem Pferd die Sporen, sodass es schneller lief. „Wir müssen ihr noch viel beibringen. Heute Nacht."

7
———

MILY

TYLER UND XANDER hatten mich zu Olivias Haus begleitet, aber mir erlaubt, allein zur Tür zu laufen. Sie hatten es eilig zur Stadt zu gehen und mit dem Sheriff zurückzukehren, sodass er die Zeremonie durchführen konnte. Als ich zugestimmt hatte, sie zu heiraten, hatte ich das, was direkt im Anschluss passiert war, nicht erwartet. Aber nach dem, was sie mit mir getan hatten – Gott, ich fühlte immer noch die Nachwirkungen ihrer Zuwendungen – war es vielleicht doch eine gute Idee. Ich trug keinen Schlüpfer, da Xander sie irgendwohin gesteckt hatte, wo ich sie nicht finden konnte und ich war feucht zwischen meinen Schenkeln. Empfindlich. Schmerzhaft.

Eine schnelle Ehe war etwas Gutes, aber nicht in der Stadt. Ich hatte für die Hochzeit nicht dorthin zurückkehren wollen. Was, wenn Ralph mich sah? Was, wenn er den

Männern erzählte, was ich getan hatte? Sie würden mich dann nicht mehr heiraten und der Sheriff würde mich sicherlich sofort ins Gefängnis werfen. Welcher Mann würde eine Mörderin heiraten wollen? Wenn sie mich nicht heirateten, wusste ich nicht, was ich tun sollte. Verdammter Frank. Er würde sogar zerstören, was sich zwischen Tyler, Xander und mir entwickeln könnte. So wie meine...Pussy kribbelte, hatte ich eine ungefähre Vorstellung davon, was das alles mit sich bringen könnte.

Bevor sie ihre Pferde im Stall gesattelt hatten, hatten sie sanft mit ihren Fingern über meine Wange gestreichelt. Ich gönnte mir ein paar Minuten für mich, da die zwei nicht nur meinen Körper, sondern auch meine Gedanken überwältigt hatten. Ich stand vor Olivias Haus im hellen Sonnenschein und dachte nach. Über sie.

Ich hatte mir Sorgen gemacht, dass sie mich nicht wollen würden, aber das hatte ich umsonst getan. Sie hatten nicht nur zugestimmt, sondern auch gleich die Kontrolle übernommen. Sie waren kontrollierend und herrisch gewesen und hatten ihr Wort darüber, wie sie mich nehmen würden, gehalten. Ich hatte gedacht, wir würden das nach unserer Hochzeit tun, nicht direkt an der Eingangstür. Meine...Pussy zog sich bei der Erinnerung ihrer Münder auf dieser Stelle zusammen. Ich hatte keine Ahnung gehabt, dass das überhaupt möglich wäre oder dass ein Mann seinen Finger in meinen Hintern stecken könnte, wie es Xander getan hatte. Oh, das alles hatte sich so gut angefühlt. Alles, das sie getan hatten, war...unglaublich gewesen.

Sie hatten harte Schwänze gehabt und waren noch unbefriedigt gewesen, nachdem sie mich verwöhnt hatten. Daher hatte ich gedacht, sie würden mich ficken, aber sie hatten es abgelehnt und gesagt, dass Sex für die Ehe sei. Ich war über ihre Vehemenz überrascht gewesen, aber es zeugte von ihrer Ehre. Nach der Zeremonie würde ich allerdings zwei sehr gierige, sehr erregte Männer zu befriedigen haben.

Ein Geräusch riss mich aus meinen Gedanken. Noch eines. Ich sah zum Haus, als ich eine Frau schreien hörte. Olivia. Es war ein schriller, schmerzvoller Laut. Ich kannte ihn gut, weil mich Frank geschlagen hatte und der Laut war ein oder zweimal über meine eigenen Lippen gekommen. Schlugen Olivias Männer sie? Das konnte nicht stimmen. Sie würden das nicht tun. Ich verharrte regungslos. Würden sie?

Ich biss auf meine Lippe und versuchte mich zu entscheiden. Ich hatte nur Frank als Beispiel eines Ehemannes und daher war es definitiv möglich.

Ich würde nicht zulassen, dass meine Freundin von ihren Ehemännern misshandelt wurde. Ich hatte jahrelang zugelassen, dass mich Frank schlecht behandelte, bevor ich genug hatte. Aber ich hatte mich nur einem Mann stellen müssen. Olivia konnte nicht drei Männer mit einer Bratpfanne auf den Kopf schlagen und damit davonkommen. Ich lief leise die Stufen zur Eingangstür hinauf, öffnete sie und lauschte. Eine tickende Uhr, das Geräusch des warmen Windes hinter mir waren alles, was ich hörte. Hatte ich mich getäuscht?

„Nein, ich will das nicht", protestierte Olivia. Ihre Stimme drang sanft durch den Flur.

„Du wirst", sprach einer ihrer Ehemänner mit tiefer und befehlender Stimme, wenn auch ruhig. Sie befanden sich im Büro der Männer im hinteren Bereich des Hauses.

Ein lauter Knall durchschnitt die Luft und ließ mich zusammenzucken. Olivia schrie auf. „Nein!"

Sie *schlugen* sie!

„Wir wissen, was du brauchst." Eine andere Stimme.

„*Das* brauche ich nicht", widersprach Olivia.

Ein weiterer Schlag.

Ich konnte nicht einfach hier stehen und zulassen, dass sie meiner Freundin wehtaten. Es war mir egal, dass die Männer größer waren als ich.

Ich schnappte mir das Gewehr, das geladen und bereit für jegliche Gefahr von draußen an Haken neben der Eingangstür hing. Es war allerdings auch gut für Probleme im Inneren. Das schwere Gewicht ließ meine Arme nach unten fallen, aber ich hob das Gewehr hoch, lief durch den Flur und platzte in die Bücherei.

„Lasst Olivia in Ruhe!", schrie ich und schwang das Gewehr.

Ich hielt schlitternd genau im Türrahmen an, während ich die Szene vor mir erfasste. Olivia war nackt und über einen der Schreibtische gebeugt. Simons Hand streichelte über die gerötete Haut ihres Pos, während Cross zwei seiner Finger tief in ihrem...oh, meine Güte. Sie waren nicht in ihrer Pussy, sondern in ihrem Hintereingang, genauso wie es Xander vorhin bei mir gemacht hatte. Aber Cross nutzte zwei Finger und sie waren *vollständig* in ihr.

Oh, guter Gott! Die Stelle, die er dehnte, war schlüpfrig und glänzend. Ihre Weiblichkeit war frei von Haaren und ich konnte sehen, dass die Lippen hellrosa und geschwollen und ebenfalls glänzend waren. Rhys hielt ein seltsam geformtes Stück Holz neben Olivias gesenkten Kopf. In seiner anderen Hand war sein...oh, meine Güte, sein Glied und es war dick und rot und sehr groß. Er streichelte es langsam mit seiner Faust. Ich hatte noch nie so ein großes gesehen. Nun ja, ich hatte nur Franks gesehen und es war nichts im Vergleich zu diesem gewesen. Die Umrisse von Xanders und Tylers Schwänzen deuteten darauf hin, dass sie eine ähnliche Größe hatten. Ich schluckte bei der Vorstellung, dass etwas so Großes in mich passen sollte. Xander hatte sogar gesagt, dass er es in meinen...Hintern stecken wollte. Bei dem Gedanken zog ich meine inneren Muskeln zusammen.

Rhys und Cross erstarrten bei meinem überraschenden Erscheinen. Simon wandte sich mir zu. Sein Glied ragte aus seiner offenen Hose und ich konnte nicht anders, als ihn anzustarren. Tatsächlich wusste ich nicht so ganz, wohin ich schauen sollte.

„Emily!", schrie Olivia. Dieses Mal enthielt ihre Stimme eine Spur Scham, keine Angst.

„Emily, senk das Gewehr", verlangte Simon und hielt seine Hände vor sich. Ich wusste nicht, ob ich standhaft bleiben sollte für den unwahrscheinlichen Fall, dass sie Olivia wirklich verletzten – eindeutig taten sie das nicht – oder ob ich beschämt davonrennen sollte.

Ich spürte, wie meine Wangen heiß wurden und drehte mich weg, senkte das Gewehr. „Ich...ich dachte, ihr tut ihr weh."

Ich wünschte mir, die Erde würde mich in diesem Moment verschlingen. Sie fassten Olivia intim an, taten verruchte, dunkle Dinge mit ihr. Ich stürzte aus dem Zimmer und hängte das Gewehr mit zitternden Fingern zurück an die Wand in der Diele. Meine Arme schmerzten, weil ich die schwere Waffe so lange gehalten hatte.

Simons große Gestalt erschien im Türrahmen. „Emily, wir würden ihr niemals wehtun. Das musst du wissen."

Ich nickte, aber konnte ihm nicht in die Augen sehen. „Ja, ich weiß."

„Du warst verheiratet, aber du wirst lernen, dass die Dinger hier auf Bridgewater anders gehandhabt werden. Xander und Tyler werden es dir zeigen."

Ich gestand ihm nicht, dass sie das bereits getan hatten, zumindest ein bisschen.

Obwohl ich Olivia nicht sehen konnte, hörte ich ihr heiseres Stöhnen. Ihre anderen Männer beendeten wegen meiner Störung ihre Zuwendungen nicht.

„Hörst du das? Wir tun ihr nicht weh, sondern bereiten ihr Vergnügen. Sie mag es, mag, was wir mit ihr tun, auch wenn es sich manchmal anders anhört."

„Ja, in Ordnung." Ich wollte einfach nur noch sagen, was nötig war, damit ich einen hastigen Rückzug antreten konnte.

„Da du hier bist, nehme ich an, dass du zugestimmt hast, sie zu heiraten?"

Ich nickte und sah zu Boden.

„Wo sind deine Männer?", fragte er.

Olivia stöhnte. „Er ist so groß."

Ich errötete wieder, weil ich erriet, wovon sie sprach. „Sie sind auf dem Weg, um den Sheriff zu holen. Ich werde...ähm...in ihrem Haus auf sie warten, ich meine, in Ians und Kanes Haus. Ich werde dich...ähm...zu Olivia gehen lassen."

Ich wartete nicht darauf, dass er noch etwas sagte, sondern stürzte aus der offenen Tür und die Stufen hinab.

„Ja! Mehr, Rhys. Bitte, mehr!" Olivias sehr befriedigt klingende Stimme drang zu mir, selbst als ich bereits wegrannte.

TYLER

. . .

„Simon sagte, wir sollten dich nach einer Begegnung fragen, die du beobachtet hast, während wir in der Stadt waren", sagte ich, während ich die Tür zu Ian und Kanes Haus hinter uns schloss. Es war die Tür, gegen die wir Emily erst vor wenigen Stunden gedrückt hatten, während wir entdeckten, wie es zwischen uns sein würde. Sie war jetzt unsere Frau, da der Sheriff bereitwillig nach Bridgewater gekommen war, um eine schnelle Eheschließung abzuhalten.

„Was hast du gesehen, Liebling?", fragte Xander und hängte seinen Hut an einen Haken.

Sie schaute keinem von uns in die Augen und ihre Hände zupften an ihrem Kleid. Ich hatte eine ziemlich gute Vorstellung davon, was sie gesehen hatte, aber ich wollte es von ihr hören. Ich genoss, wie nervös sie war. Es war ein eindeutiges Zeichen dafür, dass, auch wenn sie verheiratet gewesen war, ihr toter Ehemann ihr nicht die gesamte Unschuld gestohlen hatte.

„Oh, ähm...nun ja, ich habe sie gestört."

Bridgewater Männer hatten mit ihren Frauen nicht einfach nur Sex unter der Bettdecke im Dunkeln, bei dem sie das Nachthemd ihrer Frau hochschoben, um in sie einzudringen. Sie besaßen ihren Körper und Seele. Nichts wurde als unanständig betrachtet. Arsch-Training und Ficken. Blasen. Zwei Männer gleichzeitig, die beide Löcher füllten. Brustwarzenspiele. Wenn eine Bridgewater Frau Sex benötigte, kümmerten sich ihre Männer um sie, wann immer das Bedürfnis auftrat. Wo auch immer es auftrat.

„Haben sie gefickt?", fragte Xander in dem Versuch, ihr die Worte zu entlocken.

Ihr Kopf flog herum und ihr Mund klappte auf. Ihre Wangen liefen dunkelrot an. „Nun, nein. Nicht genau."

„Haben sie ihre Pussy geleckt?", fragte ich. Ihre dunklen Augen begegneten meinen und ich beobachtete, wie ihre Pupillen groß wurden. Ah, es gefiel ihr, wenn man schmutzig mit ihr sprach, aber sie war nicht daran gewöhnt.

Sie schüttelte ihren Kopf und biss auf ihre Unterlippe.

Ich griff in den kleinen Leinenbeutel, den mir Rhys gegeben hatte. Ein Hochzeitsgeschenk, hatte er gesagt und mir dann kräftig auf die Schulter geklopft. Der Beutel war voller handgemachter Dildos und Plugs, die er hergestellt hatte. Es war sein Hobby und für alle auf Bridgewater ziemlich nützlich. Bridgewater Männer trainierten ihre Frauen gerne für Analspielchen und Analsex. Xander und ich würden das Gleiche tun.

„Haben sie so etwas verwendet?" Ich hielt einen Plug hoch, der schon bald Emilys jungfräulichen Hintern füllen würde. Wir würden sie dort nehmen, sie irgendwann gemeinsam ficken, wobei Xander ihr unerprobtes Loch füllen würde, während ich ihre enge Pussy nahm.

Ihre Augen weiteten sich bei dem Anblick des Plugs. Es war nicht der kleinste Plug, da er nicht schmal oder kurz war. Tatsächlich würde Emily eine ziemlich gute Vorstellung davon haben, wie sich ein Schwanz dort anfühlte, wenn wir diesen in sie einführten.

„Sie haben nicht...noch nicht."

Xander lief in die Stube und ich streckte meinen Arm aus, um ihr anzuzeigen, dass sie ihm folgen sollte. Dort setzte sich Xander auf einen der bequemen Stühle, die um den kalten Kamin standen.

„Also haben sie Olivia nicht gefickt und sie hatte keinen Plug in ihrem Hintern", fasste Xander zusammen. „Das bedeutet, sie haben sie für den Plug vorbereitet, darauf sie dort zu ficken. Wer hatte seine Finger im Arsch deiner Freundin?"

Xander war so viel direkter als ich.

„Cross", gab Emily zu.

Seine Direktheit schien bei unserer neuen Frau zu funktionieren, denn ich war überrascht, dass sie überhaupt geantwortet hatte. Aber das hatte sie. Das bedeutete, dass sie auch auf andere Dinge, die Xander sagte, reagieren würde. Ich wölbte eine Braue und musterte Xander, als er leicht nickte. Ich wollte, dass er weitermachte.

„Zieh dein Kleid aus, Liebling." Xander legte seine Ellbogen auf die Armlehnen, drückte seine Fingerspitzen aneinander und beobachtete sie aufmerksam.

Ihre rosa Lippen öffneten sich und ich hörte ein kleines Keuchen. Der Laut ging direkt in meinen Schwanz. Ich wollte sehen, wie sich diese Lippen öffneten und um die stumpfe Spitze dehnten.

„Brauchst du meine Hilfe?" Ich trat hinter sie und küsste ihren Nacken. Sie erschrak. „Schh", summte ich an ihrer süßriechenden Haut. Sie war seidig weich und warm unter meinen Lippen.

„Xander ist der Herrische. Komm, wir zeigen ihm, was er will." Ich warf ihm den Plug zu, damit ich beide Hände frei hatte. Ich griff um sie und öffnete langsam den obersten Knopf ihres sittsamen Kleides. Ich wusste, dass sie darunter kein Höschen trug, da wir es ihr nicht zurückgegeben hatten.

Ich beobachtete, wie sich ihre Atmung veränderte, wie sich ihre Brüste unter meinen Händen hoben und senkten, während ich mich an der Vorderseite nach unten arbeitete. Als ich über ihre Schulter blickte, konnte ich die cremefarbenen Rundungen ihrer Brüste sehen, die von dem engen Korsett nach oben gedrückt wurden. Ihr

Unterhemd konnte nicht verbergen, wie bezaubernd sie waren.

Nachdem ich alle Knöpfe geöffnet hatte, legte ich meine Hände sanft und behutsam auf ihre schmalen Schultern, um sie nicht zu verschrecken. Ich glaubte nicht, dass sie wie ein verängstigtes Pferd durchgehen würde, aber wenn ich bald meinen Schwanz in ihr haben wollte, wollte ich, dass sie uns gegenüber wohlgesinnt war. Langsam schob ich das Kleid von ihren Schultern und ihre Arme hinab, tiefer und tiefer, bis es an ihrer Taille hängen blieb. Mit einem letzten Ziehen und einem Gleiten meiner Hände über ihre üppigen Kurven fiel es leise zu Boden.

Bei ihrem Anblick pulsierte ein Muskel an Xanders Hals.

Ich ließ meine Hände zurück zu ihren Hüften wandern und schob dabei den feinen Stoff ihres Unterhemdes mit nach oben. Ihre Pussy wurde Stück für Stück für Xander entblößt. Er beugte sich nach vorne, legte seine Unterarme auf seine Schenkel und saugte die Luft geräuschvoll ein.

Ich hielt in meiner aufwärts Bewegung nicht inne, bis das Unterhemd auch über ihre Haare geglitten war und ich es auf den Boden fallen ließ. Da ich sie sehen wollte, trat ich um sie herum und betrachtete sie ausgiebig.

Emily stand unglaublich nervös vor uns, verharrte dennoch regungslos. Ihr Korsett drückte ihre Taille eng zusammen, was ihre vollen Brüste noch mehr nach oben drückte. Wenn die obere Hälfte keinen Spitzensaum hätte, dann würde man sicherlich ihre Nippel sehen.

Ihre Pussy, zur Hölle, ihre Pussy war umwerfend. Rosa Lippen, die von den dunklen Locken nicht versteckt werden konnten. Ihr Kitzler stand hervor, als ob er gierig nach unseren Mündern wäre. Wenn wir sie erst einmal rasiert hatten, würde nichts mehr ihre Schönheit verbergen. Mein

Schwanz drückte schmerzhaft gegen meine Hose, da er sich danach sehnte, ihre feuchte Hitze zu spüren.

„Du bist hinreißend, Liebling." Xanders Stimme war weicher, als ich sie jemals gehört hatte. Er krümmte einen Finger und sie machte einen zögerlichen Schritt auf ihn zu, dann einen weiteren, bis sie zwischen seinen gespreizten Knien stand. Er umfasste ihren Hintern und streichelte ihre geschmeidige Haut, bevor er nach oben griff und die Streben ihres Korsetts öffnete. Als er das steife Kleidungsstück zu Boden fallen ließ, wurden ihre Brüste endlich befreit.

Xander fluchte unterdrückt, während er sie mit seinen Händen umfasste. Sie waren so groß, dass er sie mit seinen Händen nicht vollständig fassen konnte und die Nippel, die eine hübsche dunkelrosa Farbe hatten, zogen sich zusammen.

Ich sehnte mich danach, sie zu berühren. Sie war jetzt die Unsere. Nichts hielt mich davon ab, es zu tun. Also trat ich wieder hinter sie und drückte meinen ganzen Körper an ihren Rücken. Als sie aufschrie, wusste ich, dass sie meinen Schwanz in ihrem Kreuz gespürt hatte. Als Xander seine Hände über ihren Bauch und zwischen ihre Beine gleiten ließ, spreizte sie ihre Beine weiter, damit er über ihr empfindsames Fleisch streicheln konnte. Ich wandte mich ihren Brüsten zu.

Sie waren mehr als eine Handvoll, tränenförmig und schwer in meinen Händen. Durch ein Streifen meiner Daumen richteten sich ihre Nippel noch mehr auf. Als ich an den Spitzen zupfte, wölbte sie ihren Rücken und schrie auf.

„Mit zwei Männern ist es anders, nicht wahr?", murmelte ich und genoss unsere Zeit zusammen. Ich könnte den ganzen Tag lang mit ihren Brüsten spielen, während Xander andere Dinge mit ihr anstellte. Ich war nicht der Einzige, der sich um ihr Vergnügen kümmerte.

Sie nickte an meiner Schulter. „Frank, er hat nie…es war nie wie das." Ihre Stimme klang hauchig, verblüfft.

Ich erkannte, wann Xander einen Finger in sie einführte, da sie auf ihre Zehenspitzen ging, was ihre Nippel unter meinen Fingern hart werden ließ.

„Sie ist tropfnass", merkte Xander an, sein Kopf senkte sich und beobachtete seine Hand bei der Arbeit. „Und drückt meine Finger. Ich kann es nicht erwarten, sie auf meinem Schwanz zu haben."

Ein kleines Stöhnen entwich ihren Lippen, als er seine Finger aus ihr zog, seine Hose öffnete und sein Schwanz hervorsprang. Ein seltenes Grinsen breitet sich auf seinem Gesicht aus, als er zu Emily hochsah, während er ihn streichelte.

„Der ist für dich, Liebling. Steig auf und reite ihn."

Ich war froh, dass Xander das hier nicht hinauszögern wollte. Ich war bereit, seit ich ihr früher am Tag die Tür geöffnet hatte. Er hatte überprüft, ob sie bereit war. Nach dem feuchten Geräusch zu schließen, das entstanden war, als Xander seine Finger aus ihrer Pussy gezogen hatte, wusste ich, dass sie bereit für unsere Schwänze war.

Mit meinen Händen auf ihren Hüften half ich Emily, ihre Knie links und rechts von Xanders Hüften niederzulassen und sich dann auf die breite Eichel seines Schwanzes zu senken.

Als sie Stück für Stück nach unten sank und ihre Pussy mit seinem großen Schwanz füllte, griff sie nach oben und packte seine Schultern, um das Gleichgewicht zu halten. Ihre Augen weiteten sich und ihr Mund öffnete sich völlig überrascht.

Sie schüttelte ihren Kopf und begann sich auf seinem

Schoß zu winden. „Er ist zu groß. Nein...das wird nicht funktionieren."

Indem ich mit der Hand über ihre Wirbelsäule strich, versuchte ich sie, zu beruhigen. „Schh, Baby. Er wird passen. Ich verspreche es dir. Lass es langsam angehen. Schön langsam und lass ihn rein."

Je eher sie Xander zum Höhepunkt ritt, desto eher würde ich meine eigene Erlösung finden.

8

MILY

ER WAR ZU GROẞ. Gott, Xanders...Schwanz war viel zu groß, um in mich zu passen. Franks war im Vergleich zu Simons und Rhys' Schwänzen, die ich vorhin unfreiwillig gesehen hatte, klein gewesen, aber Xanders...

Sein Schwanz war dick und lang und hatte eine pflaumenfarbene Spitze. Dicke Venen wanden sich an der Länge nach oben, als er den Ansatz umfasste. Er öffnete mich, dehnte mich weit...so weit, dass ich mich wand und versuchte mich von ihm zu heben, aber Tyler hielt meine Hüften fest und drückte mich immer weiter nach unten.

Ich krallte mich panisch in Xanders Schultern. „Ich will das nicht."

Tylers Hände verschwanden und Xanders große Hand umfasste mein Kinn. Sie war so warm und ich konnte die rauen Schwielen auf seiner Hand spüren. „Hör auf, dich zu bewegen", befahl er.

Ich erstarrte, während mich nur ein Teil von ihm füllte. Die Schärfe seiner Worte gab mir einen Fokus, etwas anderes, auf das ich mich neben meiner Angst konzentrieren konnte.

„Gutes Mädchen. Jetzt beruhige dich einfach. Das ist es. Du bist so feucht, Liebling, meine Schwanzspitze ist schon damit bedeckt. Hol tief Luft und entspann dich. Genau so."

Xanders Tonfall war, wenn auch direkt, fast tröstend. Er leitete mich an, lenkte mich von dem unangenehmen Gefühl ab. Als ich meine inneren Wände entspannte, sank ich ein bisschen tiefer auf ihn. Er hatte recht, meine Feuchtigkeit erleichterte das Eindringen, aber ich fühlte mich immer noch so, als würde ich entzweigerissen.

„Heb und senk dich, gewöhne dich an das Gefühl meines netten, großen Schwanzes."

Ich hob mich auf meine Knie und von ihm hoch, aber die breite Spitze war genau in mir verhakt und wurde von meinen geschwollenen Schamlippen in mir gefangen gehalten. Vorsichtig senkte ich mich ein Stück auf ihn. Ich hob und senkte mich immer nur den Bruchteil eines Zentimeters, dann ein bisschen mehr, bis feuchte Fickgeräusche die Luft füllten.

„Ich liebe es zu sehen, wie ihre Pussy deinen Schwanz schluckt", murmelte Tyler. „Und wie ihre Brüste hüpfen, Gott, ich werde kommen, bevor ich überhaupt in ihr bin." Ich hatte bis dahin nicht gemerkt, dass sich meine Augen geschlossen hatten und ich hatte fast vergessen, dass er ebenfalls hier war. Ich hatte alles außer der Empfindung, dass mich Xander so ausfüllte, vergessen. Es gab kein besseres Wort dafür, denn mit jedem Zentimeter, den er in mich eindrang, wurde die Passung noch enger. Als ich schließlich direkt auf seinem Jeans bedeckten Schoß saß, der sich an der Rückseite meiner Schenkel rau anfühlte, öffnete ich meine Augen.

Xander beobachtete mich, seine Augen waren fast schwarz, sein Kiefer fest zusammengepresst. Sein Mundwinkel neigte sich nach oben. „Siehst du, Liebling, er passt perfekt." Seine Hände landeten auf meinen Hüften. „Jetzt ist es an der Zeit, sich zu bewegen. Ah, Scheiße, drück meinen Schwanz nicht so, außer du willst, dass ich jetzt gleich komme."

Er knurrte, als ich die Bewegung wiederholte und ich erkannte meine weibliche Macht. Die war allerdings nur von kurzer Dauer, da sein Griff fester wurde und er anfing, mich so zu bewegen, wie er es wollte, bis ich seinen Schwanz wahrhaftig ritt. Das Brennen und Dehnen wurde von intensiven Wellen der Lust ersetzt, vor allem als Xander seine Hüften nach oben brachte, während er mich nach unten auf sich zog. Der leichte Schmerz, als er das Ende meines Kanals traf, verwandelte sich in köstliches Vergnügen.

Irgendwie strich sein Schwanz über Stellen in mir, von deren Existenz ich keine Ahnung gehabt hatte und das erregte mich noch weiter und machte mich gieriger auf mehr.

„Ja", keuchte ich bei einem groben Stoß. Ich packte sein Hemd, krallte meine Finger in seine Schulter und ließ meinen Kopf zurückfallen. Meine Hüften begannen sich aus eigenem Antrieb zu bewegen, kreisten, hoben und senkten sich, um das Vergnügen aufzubauen. Es zu verfolgen.

Hände umfassten meine Brüste, während ich fortfuhr, mich zu bewegen. Finger zupften an meinen Brustwarzen. Bei einem beißenden Zwicken schrie ich auf.

„Es gefällt ihr", merkte Tyler an. Er zwickte ein bisschen fester.

„Meine Güte, sie drückt meinen Schwanz, wenn du das tust. Nochmal", antwortete Xander.

Dieses Mal zog Tyler, zog so fest an meinen Brustwarzen, dass sie, während ich mich bewegte, schmerzhaft stramm gedehnt wurden.

Ich konnte es nicht aushalten. Es war zu viel. *Sie* waren zu viel. Ich kam mit einem Keuchen, dann schrie ich, während Xander das Tempo beschleunigte und meinen Körper nutzte, um seinen Schwanz zu streicheln, ihn mit meiner Erregung zu bedecken und sich selbst zum Höhepunkt zu bringen.

Ich war verloren, dachte an nichts anderes, als die Empfindungen, die diese zwei Männer meinem Körper entlocken konnten. Es war heiß und weich und schmerzhaft und so wunderbar unglaublich, dass ich wollte, dass es nie endete.

Ich spürte, wie sich Xanders Griff auf meinen Hüften noch weiter zusammenzog, als er einmal, dann zwei weitere Male nach oben stieß und sich dann tief in mir versenkte. Er stöhnte, während ich ihn pulsieren spürte. Er füllte mich mit seinem Samen, bedeckte mich mit der heißen Flüssigkeit.

Unser abgehackter Atem vermischte sich und ich sackte auf seiner Brust zusammen. Ich hörte sein Herz wild unter meinem Ohr pochen. Ich wusste nicht, wie lange wir in dieser Stellung verharrten, aber als mich Xander hoch und von seinem Schwanz hob, zischte ich wegen dem langsamen Gleiten seines Schwanzes und dem heißen Samenschwall, der ihm folgte. Mich aufsetzend sah ich zu ihm und biss auf meine Lippe.

„Es tut mir leid, ich – "

Er legte einen Finger über meine Lippen. „Schh. Sag niemals, dass dir irgendetwas leidtut, wenn wir ficken. Es ist natürlich. Es ist perfekt. Wir müssen wissen, wie du dich fühlst, wie es sich anfühlt, wenn wir dich berühren, dich füllen. Deinen Körper bearbeiten. Wir werden dich an deine Grenzen bringen, Emily. Das liegt in meiner Natur. In Tylers."

„Ich hatte Angst", gab ich zu. „Ich war…überwältigt."

„Wir *sind* überwältigend", bekräftigte er und ich lächelte. „Jetzt ist Tyler dran, Liebling. Du willst doch nicht, dass er an Kavaliersschmerzen stirbt, oder?"

Ich runzelte bei seiner Frage die Stirn und warf einen Blick über meine Schulter.

Tyler hatte seinen Schwanz befreit und streichelte ihn. Ich beobachtete, wie ein Tropfen Flüssigkeit aus dem Schlitz quoll und über die geweitete Spitze glitt. Sein Schwanz war länger als Xanders, aber nicht ganz so dick. Meine inneren Wände zogen sich sehnsuchtsvoll zusammen, da sie auch von ihm gefüllt werden wollten. Ich wusste jetzt, dass ich ihn aufnehmen konnte.

„Auf deine Knie. Höher. Gut. Jetzt streck deinen Po raus und zeig mir deine Pussy."

Ich befolgte seine Anweisungen, wodurch meine Brüste direkt vor Xanders Gesicht schwebten. Meinen Hintern streckte ich Tyler entgegen und befand mich so in der liederlichsten Stellung. Er konnte zweifellos Xanders Samen aus mir tropfen sehen, da ich spürte, wie er sich seinen Weg meine Schenkel hinab bahnte.

„Ich werde an diesen empfindlichen Nippeln saugen, während er dich fickt." Xander schien von dieser Idee sehr begeistert zu sein. Als er sich nach vorne beugte und sie in die Tat umsetzte, keuchte ich, dann entspannte ich mich bei dem warmen, feuchten Saugen.

Tyler streichelte mit einem Finger über meine Schamlippen. „Geschwollen und tropfend mit Xanders Samen. Ich kann dir gar nicht sagen, was es mit mir macht, deine Spalte so zu sehen. Jetzt bin ich dran, dich zu markieren, Baby."

Er machte den Schritt, der uns noch voneinander getrennt hatte, und brachte seinen Schwanz hinter mir in Stellung. Anschließend glitt er durch meine Feuchtigkeit, dann stupste er gegen meinen Eingang.

„Ich werde ganz mühelos in dich gleiten, Baby. Anfangs. Es sollte jetzt einfacher für dich sein, da du Xanders Samen in dir hast."

Xander knurrte an meiner Brust. Das weiche Kratzen seines Bartes an meiner sehr sensiblen Haut verstärkte die Empfindungen.

Mit einer Hand auf meiner Schulter hielt mich Tyler genau in der Position, in der er mich haben wollte, während er langsam nach oben und in mich glitt. Mein Körper leistete ihm keinen Widerstand, wie er es bei Xander getan hatte. Das Eindringen war dieses Mal leicht, genauso wie er es prophezeit hatte. Vielleicht war es Xanders Samen, der den Weg erleichterte, oder das Wissen, dass ich tatsächlich mit großen Schwänzen zurechtkam. Ich verspannte mich nicht, sondern ließ ihn einfach meinen Körper benutzen. Ich hatte sowieso keine große Wahl. Sein fester Griff auf meiner Schulter ließ keine Bewegung zu und Xander hielt die Spitze einer meiner Brüste mit seinen Zähnen fest.

Ich konnte meine Hüften bewegen, während er rein und raus glitt, aber der überraschende Schlag seiner Hand auf meinen nach oben gerichteten Po ließ mich aufschreien und Xander gab mich frei.

„Beweg dich nicht. Nimm, was ich dir gebe." In Tylers Stimme klang der Befehl mit, den ich bei Xander kennengelernt hatte und das tat Dinge mit mir. Meine Güte. Xander nahm wieder eine Brustwarze in seinen Mund und saugte. Fest. Es war nicht so schmerzhaft wie Tylers zerrende Finger, aber das heiße, feuchte Reißen schickte Wellen der Lust direkt in meinen Schoß. Er hielt sich nicht lange mit einer Brustwarze auf, sondern wechselte zwischen den beiden ab, während mich Tyler fickte.

„Gott, ich liebe es, das feuchte Saugen deiner Pussy zu hören und wie mein Schwanz dich fickt und füllt. Xanders Samen hat dich ganz glitschig gemacht." Tylers Stimme vergrößerte mein Vergnügen nur noch. Ich liebte es, dass ich sie beide befriedigte.

„Es ist an der Zeit, zu kommen, Liebling", verkündete Xander, wobei sein Atem über eine feuchte Brustwarze strich. „Du wirst kommen, weil ich es dir sage. Du wirst kommen, weil ich diese harte, kleine Spitze in meinen Mund nehmen und daran knabbern werde. Fest."

„Fuck, Xander, sie hat meinen Schwanz gerade so verdammt fest gepackt", sagte Tyler mit rauer Stimme. Er küsste meinen Nacken und knabberte an der zarten Haut.

Ich schrie auf und warf meinen Kopf zurück. Meine Finger und Zehen, sogar meine Ohrenspitzen kribbelten. Es war, als ob sich jedes bisschen Vergnügen zwischen meinen Beinen ansammeln würde. Dass meine Pussy zum ersten Mal zum Leben erwacht wäre. Die zwei hatten mir ein Vergnügen entlockt, das ich niemals für möglich gehalten hätte. Es machte meine Haut feucht vor Schweiß, mein Atem blieb mir in der Kehle stecken und mein Herz raste.

Ich konnte mich nicht länger zurückhalten. Das Gefühl von Tylers Schwanz, der diese neu entdeckten Stellen in mir traf und Xanders versaute Worte hatten mich so nah zum Höhepunkt geführt.

Als Xander meine Brustwarze in seinen Mund nahm

und sie sanft leckte, zog ich mich zusammen, während Tyler noch härter in mich stieß. Es war die Vorfreude, die mich genau...da sein ließ.

Als Xanders Zähne in die zarte Spitze sanken, breitete sich der Schmerz von dieser winzigen Stelle in meinem ganzen Körper aus. Mir wurde heißer und heißer, bis ich zerplatzte und mich das Feuer verschlang. Es war allerdings Tylers Schwanz, der die Empfindungen weiter entfachte, der mich schreien und seinen Nahmen keuchen, der mich zusammenzucken ließ, als sich der Schmerz in meiner Brust in das unglaublichste Vergnügen verwandelte.

Tyler zog mich zurück auf seinen Schwanz und drang vollständig in mich ein, während er stöhnte. Ich spürte, wie mich sein Samen füllte, wie es auch Xander getan hatte, heiß und pulsierend. Ich fühlte mich erobert, vollständig und absolut beansprucht. Es stand außer Frage, dass sie mich bei diesem ersten Mal zu der Ihren gemacht hatten.

Ich hatte mich in ihrem Zauber verloren. Wenn sie mich dazu überreden wollten, zu denken, dass sie die richtigen Männer für mich wären, würden sie nichts anderes tun müssen. Was gerade passiert war, war kein Blitzschlag gewesen. Es war so, so viel mehr gewesen und ich wollte es wieder.

Und wieder.

9

ANDER

Tyler zog sich aus Emilys Pussy zurück. Ich sah dabei das Bedauern auf seinem Gesicht. Ich kannte das Gefühl. Ich wollte ebenfalls meinen Schwanz für immer tief in ihr versenken. Das heiße Gefühl ihrer Pussy, die Art und Weise, wie sich ihre inneren Muskeln zusammenzogen und drückten, die Art und Weise, wie sie reagiert hatte, als ich mich in ihr bewegt hatte, waren genug, um sie nie wieder verlassen zu wollen. Aber als Emily auf meinem Schoß zusammenbrach, während sie sich von ihren zwei Orgasmen erholte, genoss ich einfach das weiche Gefühl, sie in meinen Armen zu halten. Sie war so klein, dennoch hatte sie die üppigsten Kurven. Ihre seidige Haut zu fühlen, das dünne Spinnennetz an Venen unter der Oberfläche zu sehen, sogar ihr süßer Geschmack ließen mich sehr besitzergreifend werden.

Während ich im Gefängnis gewesen war, hatte ich mir

nie vorgestellt, jemals eine Frau zu haben, die ich die Meine nennen könnte. Ich hatte nie gedacht, dass ich die Empfindungen kennenlernen würde, die bei einer verschwitzten Runde Sex hervorgerufen wurden. Das Wissen, dass mein Samen tief in ihr war, um ein Kind zu zeugen, und dass ich sie mit meinem Freund teilte, machte es sogar noch besser. Zu wissen, dass er den gleichen Beschützerinstinkt ihr gegenüber empfand, genauso besitzergreifend war wie ich. Unsere kombinierten Samen vermischten sich in ihr, bedeckten und markierten sie. Falls wir ein Baby gemacht hatten, zur Hölle, nicht falls, sondern wenn – denn wir würden sie nehmen, bis sie ein Kind von uns erwartete – wäre es nicht von Bedeutung, wer der Vater war. Es würde genauso sehr unser Kind sein, wie auch Emily zu uns beiden gehörte.

Ich wollte nicht, dass irgendjemand anderes sie so sah wie wir, nicht so wie jetzt, ganz verschwitzt und klebrig von unserem Samen, atemlos und schlaff vor Befriedigung. Nicht ihr helles Fleisch, nicht das Verlangen in ihren Augen, die Überraschung in ihnen über die Gefühle, die wir in ihr geweckt hatten, ihr Gesichtsausdruck, als sie zum Höhepunkt gekommen war. Ich wollte ihren toten Ehemann schlagen, weil er sie zuerst gehabt hatte. Sie gehörte zu uns. Wenn sie daran zweifelte, würden wir sie einfach ficken, bis sie dem zustimmte.

„Wir sind noch nicht fertig mit dir, Liebling", murmelte ich.

Sie rieb ihr Gesicht an meinem Hemd.

„Warum bin ich die Einzige, die nackt ist?", wunderte sie sich.

Ich warf einen Blick zu Tyler, der gerade seinen Schwanz zurück in seine Hose steckte. Ich hatte meine nur so weit nach unten geschoben, dass mein Schwanz herausragen konnte.

„Gewöhn dich daran", entgegnete er. „Du wirst von jetzt an ziemlich häufig nackt sein."

„Zurück auf deine Knie", befahl ich.

Sie sah zu mir hoch und runzelte die Stirn. „Nochmal?"

Ich gluckste über ihren Gesichtsausdruck, der eine Mischung aus Überraschung und Erregung zeigte. Mein Schwanz erwachte bei der Möglichkeit schnell wieder zum Leben. Stattdessen packte ich den Plug und hielt ihn hoch. Ihre Augen weiteten sich.

„Zeit für dein Arsch-Training."

„Training?", wiederholte sie und beäugte den Plug vorsichtig und zurückhaltend.

Tyler nahm ihn mir ab und half Emily, wieder die vorherige Stellung einzunehmen. Vielleicht war es ihr entspannter und befriedigter Zustand, der sie so fügsam machte. Das sollten wir uns merken, falls sie nicht begierig darauf war, dass ihr Arsch gedehnt wurde. Sie zuvor ein oder zweimal zum Höhepunkt zu bringen, könnte sie vielleicht fügsamer machen.

Von meinem Standpunkt konnte ich zwischen ihre Schenkel blicken – glänzend und klebrig von unserem Samen – und sehen, dass Tyler den Plug langsam in ihre Pussy schob. Das feuchte Geräusch, als er sie füllte, war laut.

„Spürst du das? Er ist nicht so groß wie unsere Schwänze", sagte Tyler, während er ihn langsam rein und raus zog, dann in ihr ließ. Mit den Fingern seiner rechten Hand glitt er über ihre feuchten Schamlippen, dann berührte er ihren Hintern.

Ich erkannte den Moment, in dem er das tat, weil sie ihre Augen überrascht aufriss. „Tyler!"

„Rühr dich nicht! Wir werden dich dieses Mal halten, aber du *wirst* dich für das Training präsentieren."

Sie schüttelte ihren Kopf. „Nein, das will ich nicht. Es wird wehtun. Ich habe gesehen, wie Cross seine Finger in Olivia hatte. Ich will das nicht."

„Wurde ihr wehgetan?", fragte ich.

Sie zuckte zusammen und stöhnte, als Tyler fortfuhr mit ihrem Po zu spielen. Sie bewegte sich von ihm weg.

„Hör auf, dich zu bewegen." Tylers Worte verhinderten nicht, dass sie versuchte, seinen forschenden Fingern zu entkommen.

Ich legte meine Hände auf ihre Schultern und hielt sie fest. „Greif nach hinten, Emily, pack deine Pobacken und spreize dich für Tyler."

Ihre Augen wurden groß. „Was? Das kann ich nicht tun."

„Du kannst und du wirst."

Tyler schlug ihr auf den Hintern.

„Tyler!", schrie sie, ihre Beine zogen sich um meine Hüften zusammen. „Ich will diesen Stöpsel nicht."

„Du willst, dass dich deine Ehemänner für sich beanspruchen, oder nicht? Das hier wird dafür sorgen, dass wir dir nicht wehtun. Wie wir gesagt haben, wird Xander zum ersten Mal deinen Hintern mit seinem Schwanz füllen, während ich deine Pussy ficke. Gemeinsam. Aber nicht bis du bereit bist, bis dein Arsch anständig gedehnt ist."

„Aber – "

„Willst du, dass er dich nochmal auf den Hintern schlägt?", fragte ich.

„Nein!"

„Dann spreiz deine Pobacken für ihn."

„Ich mag das nicht."

Ich musste ihren Verstand dazu bringen, dass er mit ihrem Körper übereinstimmte, weshalb ich mit meinen

Fingern durch ihre Feuchtigkeit glitt. Unseren Samen. „Das hier zeigt, dass du es magst. Denk dran, Liebling." Mit meiner anderen Hand griff ich nach oben und strich ihr die Haare aus dem Gesicht. Es war aus den Nadeln gefallen, als wir sie gefickt hatten. „Wir mögen dir vielleicht nicht geben, was du willst, aber wir werden dir geben, was du brauchst."

„Ich brauche dieses Ding nicht in mir", protestierte sie. Ich sah die Hitze in ihren Augen und dieses Mal war es Wut. Mein Schwanz zuckte bei ihrem aufgebrachten Anblick.

„Du hast zwei Möglichkeiten, Baby." Tyler beugte sich nach unten, küsste ihren Nacken und murmelte dann in ihr Ohr: „Greif nach hinten und öffne deine Pobacken für mich oder dir wird der Hintern versohlt, bevor du es tust."

Ihre Augen verzogen sich zu Schlitzen, während sie mich anstarrte. Langsam griff sie nach hinten und tat, worum wir gebeten hatten. Ich konnte nicht sehen, ob ihre Hände sie öffneten, aber Tylers zufriedener Gesichtsausdruck, als er hinter sie trat und sie ansah, verriet mir, dass sie getan hatte, was wir befohlen hatten.

„Gutes Mädchen", lobte er sie.

Tyler zögerte nicht. Langsam und vorsichtig bearbeitete er sie mit seinem Finger, wobei er den Samen, der ihre Pussy auskleidete, als Gleitmittel nutzte.

„Was für ein hübsches rosa Loch, Baby. Sind wir die ersten, die dich hier berühren?"

Sie nickte und hielt den Atem an, wodurch ihre Brüste nach vorne gestoßen wurden.

„Sie ist eng. Ich bin drin."

Als ihr Mund aufklappte und sie zu keuchen begann, wusste ich, dass er ihren Arsch mit seinen Fingern fickte. Ihre dunklen Augen begegneten meinen und hielten sie. Ich beobachtete, das Gefühlschaos, das sich in ihnen sehen konnte. Wut, Überraschung, Unbehagen und schließlich, ja...Erregung.

Tyler zog den Plug aus ihrer Pussy. „Der Plug ist jetzt schön feucht, Baby. Er wird direkt in dich gleiten. Genauso wie Xanders Schwanz. Entspann dich, atme tief ein und wieder aus. Gut."

Ihre Augen weiteten sich und sie stöhnte lang und tief. Obwohl sie nicht wollte, dass etwas in ihren Hintern eingeführt wurde, hielt sie ihre Hände an Ort und Stelle.

Ich begann ihr zuzuflüstern. *So ein gutes Mädchen. Dir wird es gefallen, in den Arsch gefickt zu werden. Wir werden dich gemeinsam nehmen, einer von uns in deinem Arsch, der andere in deiner Pussy. Wir werden dich zwischen uns nehmen und nie wieder gehen lassen. Das ist es. Nimm mehr. Erlaube dem Plug, dich weit für unsere Schwänze zu dehnen. Ah, deine Nippel sind wieder hart. Du magst das, nicht wahr?*

Tyler trat zurück und ich wusste, dass der Plug in ihr war.

„Du kannst jetzt loslassen, Liebling", sagte er, aber ich lockerte meinen Griff um ihre Schultern nicht. Sie hatte sich vielleicht daran gewöhnt, einen Plug tief in ihrem Hintern zu haben, aber ich wollte nicht, dass sie sich auf meinen Schoß setzte und gegen den Plug stieß. Zumindest noch nicht.

Ihre Hände fielen zu ihren Seiten und sie sah weg. Röte kroch in ihre Wangen, ihren Hals hinab und über ihre Brüste.

„Tyler, Emily kam, als wir sie gefickt haben – ohne dass wir ihren Kitzler berührt haben."

Ich sah ihren Körper hinab und entdeckte die kleine rosa Perle, die aus ihrem schützenden Häubchen hervorragte.

Tyler hob sie in seine Arme, was Emily ein überrashtes

Keuchen entlockte, dann senkte er sich vor mir auf seine Knie. Er drehte sie so, dass ihr Rücken an seiner Brust ruhte und ihr Hintern auf meinem Schoß. Ich spreizte ihre Beine, legte ihre Waden auf die gepolsterten Armlehnen links und rechts von mir. So wie sie sich zurücklehnte, waren ihre Pussy und der Plug, der ihren Po füllte, sichtbar.

Ihr Kopf ruhte an Tylers Schulter und seine Hände umfassten ihre Brüste.

„Du warst so ein gutes Mädchen, Baby, dass du dich jetzt einfach zurücklehnen und uns die Arbeit machen lassen darfst", erklärte ihr Tyler.

Ich berührte den Plug, denn mir gefiel der Anblick des kleinen Griffs, der eng gegen ihren gedehnten Hintereingang drückte. Ihre Pussy war feucht und mit Säften bedeckt, ihre Schamlippen geschwollen und kirschrot. Sie waren leicht gespreizt und ich konnte ihre Öffnung sowie den Samen, der aus ihr tropfte, sehen. Ihr Kitzler war genauso geschwollen und feucht, begierig nach Aufmerksamkeit. Ich umkreiste ihn nur mit meiner Fingerspitze und ging ganz behutsam damit um. So wie er frei lag, wusste ich, dass er sehr empfindlich sein würde.

„Dass du zum Höhepunkt gekommen bist, während wir dich gefickt haben und ohne dass wir deinen Kitzler stimuliert haben, zeigt, wie leicht du von uns erregt wirst. Unsere Schwänze können dich zum Höhepunkt bringen. Das freut uns sehr."

„Fuck, ja", bestätigte Tyler.

Ihre Hüften begannen sich zu bewegen, als ich entdeckte, dass ihr Kitzler auf der linken Seite sensibler war. Ihre Augen schlossen sich, als sie sich fallen ließ. Ich liebte es, sie dabei zu beobachten, wie sie ihre Muskeln entspannte und die ganze Spannung aus ihrem Körper wich, während sie sich uns hingab.

„So wunderschön."

Jetzt flüsterte Tyler ihr Dinge zu, während ich sie verwöhnte und mühelos zum Orgasmus brachte. Einmal, zweimal und dann noch einmal.

Sie wand sich in meinem Schoß, ihr Körper war feucht von Schweiß, ihre Nippel stumpf und rot. Sie zogen sich nicht mehr zusammen, wenn sie kam, da ihr Körper überreizt von Lust war.

„Ich kann nicht...es ist zu viel. Bitte, die Lust...sie tut *weh*", schrie sie.

Eine Träne glitt aus ihren geschlossenen Augen.

„Noch einer, Liebling, denn es macht uns Freude. Dein Körper gehört uns, damit wir ihm Vergnügen bereiten." Ich schnipste gegen die Spitze ihres Kitzlers und sie seufzte, das leichte Zittern ihres Körpers war der einzige Hinweis darauf, dass sie einen Orgasmus hatte. Sie erschlaffte in Tylers Armen.

„Gutes Mädchen", flüsterte er, hob sie hoch und trug sie ins Bett. Ich stand auf, mein Schwanz war wieder hart und folgte ihnen. Wenn die Braut in den Schlaf zu ficken, ein Anzeichen dafür war, dass sie gut befriedigt worden war, dann waren wir in unserer Eroberung erfolgreich gewesen. Ihr Körper reagierte auf uns, kannte uns und würde jetzt uns gehören.

10

MILY

ALS ICH ERWACHTE, war mir sehr warm. Es war sogar so warm, dass ich versuchte, die Bettdecke nach unten zu schieben, aber da bemerkte ich, dass es keine dicken Decken waren, die mich überhitzten. Es waren zwei Männer. Xander und Tyler. Ich hatte sie geheiratet. Ich hatte mit ihnen gefickt. Ich hatte meine Pobacken gespreizt, damit Tyler ein hölzernes Objekt, das für eine solche Stelle viel zu groß war, tief in mich einführen konnte. Ich drückte es und spürte es nach wie vor in mir.

Das Letzte, an das ich mich erinnerte, war, dass ich auf Xanders Schoß gelegen hatte. Tyler hatte mich gestützt, während ich wieder und wieder zum Höhepunkt gebracht worden war. Ich hatte keine Ahnung gehabt, dass Vergnügen so unerträglich werden konnte. Es war zu viel gewesen. Sie waren zu viel gewesen.

Selbst jetzt umringten sie mich. Füllten mich.

„Guten Morgen, Baby." Ich hob meinen Kopf und sah in Tylers Augen. Seine Hand streichelte über meine Hüfte. „Gut geschlafen?"

Ich nickte leicht und spürte, wie sich Xander hinter mir bewegte. Mein Kopf lag auf Tylers Schulter und Xander war an meinen Rücken gedrückt, als wären wir zwei Löffel in einer Schublade.

„Wir haben dich gestern Nacht verausgabt", stellte Xander mit vom Schlaf rauer und tiefer Stimme fest.

Das Schlafzimmer leuchtete in dem weichen rosa des frühen Morgens. Durch die geöffneten Fenster hörte ich Vogelgezwitscher.

Ja, sie hatten mich verausgabt und ich errötete, als ich mich an alles erinnerte, was sie getan hatten.

„Bist du wund?", fragte Tyler, während Xander aus dem Bett rutschte. Mein Rücken wurde bei seiner Abwesenheit kühl.

Ich machte eine Bestandsaufnahme meines Körpers. Ich hatte diesen lächerlichen Stöpsel in meinem Hintern, der, auch wenn ich dort nicht wund war, seltsam war. Es war nicht einmal mehr unangenehm. Vielleicht hatte sich mein Körper daran gewöhnt oder es war einfach so, weil ich geschlafen und nicht gewusst hatte, dass er dort war.

Meine Pussy war ein wenig wund, sogar etwas empfindlich. Sie hatten mich mit ihren großen Schwänzen nicht sanft genommen.

„Nicht sehr", antwortete ich.

Tyler küsste meine Stirn, bevor er aus dem Bett kletterte. Er war nackt.

Meine Augen weiteten sich, während ich starrte. Obwohl ich von beiden gefickt worden war, waren sie die ganze Zeit über bekleidet gewesen und hatten nur die wichtigsten Stellen entblößt. Jetzt konnte ich nicht wegsehen, da ich noch nie einen so wohlgeformten Mann gesehen hatte. Seine breite Brust verjüngte sich zu einer schmalen Taille, schlanken Hüften und langen Beinen. Muskeln formten jeden Zentimeter seines Körpers. Als er mich angrinste, beobachtete ich, wie sein Schwanz hart, länger und dicker wurde und sich aus dem Büschel heller Haare nach oben zu seinem Bauchnabel bog.

Er ging zur Kommode, zog saubere Klamotten heraus und begann, sie anzuziehen, wobei sich seine kräftige Rückenmuskulatur mitbewegte.

Während er das tat, drehte ich meinen Kopf. Natürlich war auch Xander, der auf der anderen Seite des Zimmers stand, nackt. Wohingegen Tyler eine nackte Brust hatte, hatte Xander einen Flaum dunkler Haare auf der Brust, der sich zu einer dünnen Linie verjüngte, die direkt zu seiner Schwanzwurzel führte. Er war auch erregt. *Sehr* erregt.

„Ich...ich habe das bei euch bewirkt?" Ich zeigte auf sie beide.

„Mir gefällt es, diese hübschen Brüste zu sehen", erwiderte Tyler, während er seinen Schwanz in die Vorderseite seiner Hose steckte.

„Er mag Brüste wirklich gern, Liebling. Sie werden eine Menge Aufmerksamkeit von ihm erhalten. Mir hingegen gefällt es, zu sehen, wie dieser Plug deine Pobacken teilt."

Bei Xanders Worten erkannte ich, dass ich nackt vor ihnen war. Ich lag auf meiner Seite und nur meine Unterschenkel waren bedeckt. Als ich nach unten griff, um die Decke über mich zu ziehen, schüttelte Tyler seinen Kopf. „Bedecke deinen Körper niemals vor deinen Männern."

Ich ließ meine Hand auf das Bett fallen.

„Wir würden dich jetzt sofort ficken, aber wir müssen

uns mit den anderen zum Frühstück treffen. Ihnen erzählen, dass wir heute von hier aufbrechen."

Ich stemmte mich in eine aufrechte Position. Tylers Augen fielen auf meine Brust. „Aufbrechen?"

„Wir sind nur nach Bridgewater gekommen, um Olivia eine Zeitlang zu besuchen. Jetzt, da wir dich haben, ist es an der Zeit, nach Hause zu gehen zu unserer eigenen Ranch und sich dort niederzulassen. Das hier ist weder unser Haus noch unser Land."

Ich hatte das vergessen. Es war eine gute Sache, das Gebiet zu verlassen, vor allem vor Samstag, an dem Ralph von mir erwartete, im Saloon aufzutauchen, bereit mich für Geld auf den Rücken zu legen und meine Beine zu spreizen. Vielleicht würde Ralph nicht einmal wissen, wohin ich gegangen war und mich und das, was ich ihm schuldete, vergessen. Wenn er mich nicht finden konnte, dann würde mein Geheimnis bewahrt werden.

Allein das sorgte dafür, dass ich gerne aufstand. Tyler schnappte sich mein Unterhemd von der Stuhllehne und warf es vor mir aufs Bett. Er hatte die Zeit damit verbracht, sein Hemd zuzuknöpfen.

„Zieh dein Unterhemd an und komm nach unten. Ich werde auf dem Herd Wasser für dich erhitzen, damit du dich waschen kannst." Er fuhr mit einem Fingerknöchel über meine Wange, dann ging er.

Xander kleidete sich vollständig an, dann kniete er auf das Bett, legte seine Hand um mein Genick und zog mich für einen Kuss zu sich. Einen süßen Kuss. Einen langsamen Kuss. Als seine Zunge in meinen Mund tauchte, keuchte ich. Er nutzte die Gelegenheit, um meinen Mund zu erobern und ich ließ mich fallen. Ich war noch nie von einem Mann geküsst worden, der einen Bart hatte. Nun ja, ich war zuvor nur von Frank geküsst worden, was im Vergleich so gewesen war, als hätte ich einen Fisch geküsst.

Der Bart war weich und kitzelte, aber das vergaß ich schnell, als sich seine Zunge um meine wand.

Als er schließlich seinen Kopf hob, atmeten wir beide schwer. „Das war unser erster Kuss", stellte ich fest und berührte meine Lippen mit den Fingern. Sie kribbelten und fühlten sich geschwollen an.

Xanders Augen wurden dunkler und er grinste. „Auf deinen Mund", fügte er hinzu. „Ich habe deine süße Pussy gestern ziemlich oft geküsst."

Ich errötete bei der Erinnerung.

Er stemmte sich vom Bett. „Zieh dich an und komm runter."

„Xander", rief ich. Er drehte sich im Türrahmen um. Ich konnte ihm nicht in die Augen sehen, als ich fragte: „Ähm... was ist mit dem, ähm...was ist mit dem Ding in meinem Hintern?"

Er grinste, der verruchte Mann. „Der Plug? Wir werden ihn unten entfernen."

Unten? Er erwartete, dass ich mit dem Ding in mir die Treppe nach unten lief? Ich bewegte mich vorsichtig, bis ich neben dem Bett stand und mir das Unterhemd über den Kopf streifte. Ich konnte den Stöpsel in mir spüren und wie er mich füllte. Mich dehnte. Während ich durch das Zimmer und den Flur entlanglief, bewegte er sich ebenfalls, stupste und stieß gegen Stellen tief in mir. Obwohl ich wusste, dass er fest in mir steckte, drückte ich ihn.

Als ich vorsichtig in die Küche lief, drehten sich die Männer um und lächelten mich an. Ihre Blicke wanderten über meinen Körper, der von dem Unterhemd kaum bedeckt wurde. Tyler streckte seine Hand aus. „Dann wollen wir mal den Stöpsel entfernen."

Ich ging freudig zu ihm. Allerdings hatte ich nicht erwartete, dass ich auf den Tisch gehoben und auf meinen Rücken gedrückt werden würde. „Tyler!", schrie ich, „was machst du?"

Er schob meine Knie auseinander und zog dann am Ende des Stöpsels. Ich zog mich um das Objekt zusammen, obwohl ich wusste, dass ich mich entspannen musste, damit es entfernt werden konnte.

„Atme, Baby."

Tyler zog langsam daran und ich stöhnte, als er mich dehnte und öffnete, dann zischte ich, als er herausglitt. Tylers Finger drückte gegen meine Öffnung und die Spitze glitt in mich.

„Er hat gute Arbeit geleistet", merkte Tyler an. Xander trat zu ihm, um über seine Schulter zu blicken. „Sie ist schön gedehnt. Ich kann meinen Finger ohne Problem hineinschieben."

Das *war* ein Problem. Ich wollte nicht, dass die zwei dachten, dieses Loch wäre eine Option, zumindest nicht für eine Weile, bis ich mich an die Idee, an das Gefühl des Stöpsels gewöhnt hatte. Sie konnten meine Pussy so oft füllen, wie sie wollten. Tatsächlich wünschte ich mir sogar, dass sie ihre großen Schwänze hervorziehen und mich auf dem Tisch nehmen würden.

„Tyler", jammerte ich peinlich berührt.

Tyler zog seinen Finger heraus und Xander reichte ihm einen feuchten Lappen. Er wischte an den intimen Stellen über mich. Das warme Wasser wusch den getrockneten Samen von meiner Haut. Allein das Gefühl des Tuchs an meiner Spalte und auf meinem Kitzler veranlasste mich dazu, meine Hüften zu bewegen.

„Sind wir etwa gierig?", fragte Tyler und das Grinsen

ließ ihn so gut aussehen. „Xander, reich mir den Rasierer und die Seife."

Xander gab ihm einen Rasierbecher mit einem Pinsel und legte den Rasierer neben mich auf den Tisch.

„Tyler wird deine Pussy rasieren, Liebling. Er wird dich schön nackt und glatt machen."

Ich runzelte die Stirn und versuchte, mich auf die Ellbogen zu stemmen. „Warum?"

„Weil sie dann so viel empfindlicher sein wird, wenn wir unsere Münder auf dich legen. Vertrau uns, Liebling, du wirst es lieben." Xanders Worte verringerten meine Verwirrung nicht, aber ich hatte keine Zeit zum Diskutieren. Tyler verteilte bereits Seifenschaum dick auf den Haaren zwischen meinen Schenkeln, wobei die Borsten des weichen Pinsels meine Hut kitzelten.

„Beweg dich nicht. Ich will deine hübsche rosa Haut nicht verletzen", befahl Tyler und hielt den scharfen Rasierer für mich hoch, kurz bevor er meine Haut straffte und eine kleine Stelle kahlrasierte. Er wiederholte diesen Vorgang wieder und wieder, wobei er den Rasierer immer wieder sauber machte.

Als er fertig war, trat er zurück und erlaubte Xander, mich ausführlich zu betrachten und mit einem Finger über die nackte Haut zu streichen. Sie war glatt, weich und genauso empfindlich, wie er es angekündigt hatte. Nachdem er seinen Finger über meine Spalte gleiten hatte lassen, führte er ihn zum Mund und leckte ihn sauber.

„Wie Honig, Liebling."

Ich war feucht und ihn dabei zu beobachten, wie er meine Säfte von seinem Finger leckte, machte mich nur noch feuchter. Er war so verrucht, so männlich, dass ich wollte, dass er mich wieder nahm.

„Komm, wir ziehen dich an, bevor wir dich noch hier

auf dem Tisch ficken und dich wieder schmutzig machen." Er streckte seine Hand aus und half mir hoch und vom Tisch.

„Ich werde meine Kleider von Zuhause holen müssen", entgegnete ich, da mir einfiel, dass ich nichts außer dem einen Kleid dabeihatte.

„Dein Zuhause ist jetzt bei uns, Baby", meinte Tyler. „Wir werden auf dem Weg bei dem Haus anhalten und deine Sachen einsammeln."

Tyler warf Xander mein Kleid zu und er half mir hinein, schloss die Knöpfe für mich.

„Ich brauche mein Korsett", sagte ich, als ich feststellte, dass ich nur mein Unterhemd mit meinem Kleid trug.

Xander schloss die letzten Knöpfe, dann umfasste er meine Brüste durch den Stoff. „Nicht heute. Wir wollen einen einfachen Zugriff. Es ist ein langer Ritt. Wir werden vielleicht anhalten und dich auf dem Weg ficken wollen. Um unser Verlangen zu schmälern, bis wir dich nach Hause und ins Bett bringen. Unser Bett."

Die Vorstellung ließ meine Schamlippen feucht werden.

„Ich mag Brüste, Baby." Tyler zog mich an sich und schlang seinen Arm um meine Taille, drückte mich fest an sich. Ich wurde zwischen den zweien wie ein Spielzeug hin und her geschubst. Vielleicht war ich das sogar für ihre niederen Bedürfnisse. Ich hätte mich deswegen schämen sollen, wie ich es getan hatte, als sie mit meinem Hintern gespielt hatten, aber das tat ich nicht. Es fühlte sich...gut an. Ich hatte noch nie zuvor die Aufmerksamkeit – gute Aufmerksamkeit – eines Mannes gehabt. Jetzt war ich das Zentrum der Aufmerksamkeit von zwei Männern. Sie wollten mich. Da bestand kein Zweifel. Der Unterschied zwischen den zweien und Frank war, dass sie nicht nur nahmen. Sie gaben mir auch im Gegenzug. In der Tat hatte ich viel mehr Orgasmen als sie gehabt. Zusammen.

„Ich mag Nippel. Mir gefällt es, *deine* Nippel zusammengezogen und hart zu sehen." Tyler schob mich zurück und umfasste sie. Er konnte sicherlich spüren, dass sich meine Brustwarzen bei ihren Worten aufgerichtet hatten. Er knurrte: „Du verhext uns." Er gab mir einen sanften Klaps auf den Po.

„Frühstück", verkündete Xander mit einer Stimme, die fast wie ein mürrisches Knurren klang. Anscheinend wollte sich keiner von uns den anderen für die Mahlzeit anschließen, da wir stattdessen gierig auf einander waren.

Tyler hatte allerdings unrecht. Ich war nicht diejenige, die gehext hatte.

11

YLER

„Wir haben nicht mit euch gerechnet", begrüßte uns Mason, als er die Tür weit öffnete, damit wir eintreten konnten. Wir waren die Entfernung zu seinem Haus – und dem von Brody und ihrer Frau, Laurel – gelaufen, wo sich die Gruppe zu den Mahlzeiten versammelte. Da Kane, Ian und Emma die größte Küche hatten, wurden sie normalerweise in ihrem Haus serviert – dem Haus, in dem wir gewohnt hatten – aber für die Dauer ihrer Abwesenheit hatten sie die gemeinsamen Mahlzeiten hierher verlegt.

Emily stand zwischen uns, Xanders Hand lag auf ihrem Kreuz. Ich hatte sie gerne in der Mitte, denn so wusste ich, dass sie zu uns gehörte und unter unserem Schutz stand. Was ich nicht gerne sah, waren die Umrisse ihrer harten Nippel unter ihrem Kleid. Mein Schwanz wurde hart, was das Laufen unangenehm machte. Vielleicht war es doch keine so gute Idee gewesen, das Korsett wegzulassen.

„Wir werden essen und uns dann auf den Weg machen", erzählte ich ihm. „Es ist Zeit, dass wir zu unserer eigenen Ranch zurückkehren."

„Ja", stimmte Brody zu, als er aus dem Esszimmer in die Diele trat. Laurel folgte ihm. „Kane und Ians Haus ist nicht der Ort, an dem ihr es euch mit eurer Frau gemütlich machen solltet."

Xander scheuchte Emily zu der anderen Frau und sie liefen gemeinsam zur Küche. Obwohl sie mit Olivia am vertrautesten war, waren auch die anderen Frauen auf Bridgewater ihre Freundinnen. Ich freute mich, dass sie sich hier so wohl fühlte. Sie würde sich irgendwann daran gewöhnen, zwei Ehemänner zu haben, aber es war gut zu wissen, dass Bridgewater ein Unterschlupf für sie war, an dem es andere gab, die ihr Bedürfnis, sich zwei Männern zu unterwerfen, verstanden, vielleicht sogar, wenn sie es selbst nicht verstand.

„Das Essen steht auf dem Tisch", teilte uns Brody mit und ging zurück ins Esszimmer. Der Duft gebratener Kartoffeln und Specks füllte die Luft.

Wir folgten ihm und die Frauen gesellten sich aus der Küche zu uns. Emily trug eine Platte mit geschnittenem Schinken. Wir hatten ihr einen Platz zwischen uns freigehalten und ich zog den Stuhl für sie raus. Sie hielt inne und sah zu Olivia und ihren Männern, die bereits am Tisch saßen. Farbe erblühte auf ihren Wangen und sie sah weg. Ich hatte das, was sie am Tag zuvor gesehen hatte, völlig vergessen.

Olivia erhob sich und lief um den Tisch, um Emilys Hand in ihre zu nehmen.

„Schäme dich nicht. Bitte", flehte sie schon fast. „Wir sind so gute Freundinnen und ich würde es hassen, wenn irgendetwas zwischen uns stehen würde." Olivia blickte über ihre Schulter. „Besonders meine drei sehr eifrigen, sehr dominanten Ehemänner."

Emily warf ihrer Freundin aus ihrem Augenwinkel einen Blick zu. Nachdem sie auf ihre Lippe gebissen hatte, sagte sie: „Ich dachte, sie würden dir wehtun."

Olivia schüttelte den Kopf. „Wehtun? Nein. Ich war nicht glücklich, zumindest für kurze Zeit, als sie dieses Ding in mich eingeführt haben." Sie beugte sich nach vorne und grummelte den letzten Teil, aber ich konnte sie trotzdem hören.

„Sie ist eine kämpferische Freundin", erklärte Simon. Emily und Olivia wandten sich beide dem Mann zu. „Ich dachte, sie würde uns erschießen."

Den Teil mit dem Gewehr hatte ich noch nicht gehört. Ich sah, dass sich Xander bei dieser Bemerkung gerade aufrichtete.

Simon hielt seine Hände hoch, als ob wir jetzt ein Gewehr auf ihn richten würden. „Sie hat sich das Gewehr von der Wand genommen. Dann platzte sie ins Zimmer und hätte jeden, der Olivia verletzte, erschossen."

„Ja", fügte Rhys hinzu. „Wir können uns glücklich schätzen, dass unsere Frau eine solche Freundin hat."

Cross nickte zustimmend.

Ich war nicht allzu begeistert davon zu hören, dass meine Frau ein Gewehr herumgeschwungen hatte, aber wenn sich Cross, Simon und Rhys von dem Vorfall nicht gestört fühlten, dann konnte ich mir lediglich vornehmen, Emily beizubringen, wie man schoss.

Emily errötete wieder, dieses Mal aus einem ganz anderen Grund. Ich streckte meine Hand aus und ergriff Emilys, zog sie nach hinten, sodass ich einen Arm um ihre Taille schlingen konnte. „Geht's dir jetzt besser?", fragte ich.

Sie blickte zu Olivias Männern, auf deren Gesichtern

nur Respekt zu erkennen war.

Sie nickte und jeder wandte sich dem Essen zu. Es war beeindruckend, wie akzeptierend sie war. Es könnte aber auch die Tatsache sein, dass wir ebenfalls einen Plug in ihren Hintern eingeführt hatten, genauso wie es Olivias Männer mit ihr getan hatten. Sie konnte es jetzt verstehen. Sie hatte es in dem Moment vielleicht nicht gemocht, aber sie hatte ihr Vergnügen hinausgeschrien, als wir sie zum Orgasmus gebracht hatten, während er sie füllte.

„Du hast die Männer nicht erschöpft, Emily", stellte Simon fest, während er eine Scheibe Schinken schnitt.

Ich hielt im Kauen inne. Ich hatte einen oder zwei deftige Kommentare erwartet, weil wir direkt nach unserer Hochzeitsnacht erschienen waren und war froh, dass sie auf meine und Xanders Kosten gingen. Simon wusste offensichtlich, dass sie genug Peinlichkeiten für einige Zeit ertragen hatte.

Sie schöpfte sich einige Kartoffeln auf den Teller, dann sah sie hoch. „Oh?"

Cross reichte mir einen Wasserkrug.

„Du bist eine erfahrene Braut", ergänzte Simon. „Ich hatte erwartete, dass die Schwänze der beiden Männer zu wund wären, um so weit zu laufen." Gelächter kam auf und ich konnte nur meinen Kopf schütteln. Wenn wir zu Hause gewesen wären, hätte seine Aussage zugetroffen. Wenn wir erst einmal dort waren, hatte ich vor, sie für mehrere Tage nicht aus meinem Schlafzimmer zu lassen. Was das hier uns jetzt anging, so konnte Simon eindeutig sehen, dass Emily eine gut befriedigte Braut war und ich wusste, dass es mir nicht gelungen war, das zufriedene Lächeln in meinem Gesicht zu unterdrücken. So wie Xander aussah, würde nicht einmal er für einige Zeit griesgrämig sein.

„Ich war sanft mit ihnen", entgegnete Emily. „Wie sie

gesagt haben, haben wir heute einen langen Ritt vor uns."

Ich konnte nicht anders, als zu grinsen, während ich mich zurücklehnte und meinen Arm über die hohe Lehne von Emilys Stuhl legte. Meine Finger streichelten ihre Schulter. Es gefiel mir, sie lächeln zu sehen, sie endlich ungezwungen zu erleben.

Simon lachte und zeigte mit der Gabel auf meine Frau. „Ah, Emily. Ich bin froh, zu sehen, dass du etwas Temperament hast. Bei den zweien wirst du das brauchen."

Die Mahlzeit wurde von schweren Schritten auf der Veranda unterbrochen und alle drehten sich um, als Quinn, einer der Vorarbeiter der Ranch, einen Mann am Kragen festhielt und ihn in den Raum stieß. Der Mann stolperte, aber Quinn riss ihn wieder nach oben.

„Hab diesen Mann beim Herumschleichen ertappt", verkündete Quinn, wobei er seinen Griff nicht lockerte.

„Ich bin nicht *herumgeschlichen*", widersprach der Mann und versuchte sich erfolglos zu befreien. Quinn hielt ihn fest und schien mehr als begierig zu sein, ihm jeden Körperteil einzeln auszureißen.

Ich erkannte ihn von dem Picknick. Er war der Mann gewesen, der Emily unglücklich gemacht hatte, der Mann, den wir verjagt hatten. Was zur Hölle machte er hier?

„Wer bist du und was hast du auf Bridgewater Land zu suchen?", fragte Simon und erhob sich zu seiner vollen enormen Größe. Er ließ Xander und mich wie junge Heranwachsende aussehen.

Aus dem Augenwinkel sah ich, wie sich Emily versteifte und ihr Rücken so gerade wie ein Besenstiel wurde. Ihre Gabel klapperte auf ihren Teller. Aufgrund der Tatsache, dass weder Simon noch Quinn den Mann kannten und Emily nicht begierig war, ihn – wieder – zu sehen, war es offensichtlich, dass er wegen ihr hier war.

Xander musste zu dem gleichen Schluss gekommen sein, denn er erhob sich gleichzeitig mit mir, wobei unsere Stühle über den Holzboden kratzten. Ich legte eine Hand auf Emilys schmale Schulter. Ich spürte, wie sie unter meiner Hand zitterte und war froh, dass sie zwischen uns geschützt war. Wenn dieser Mann vorhatte, ihr zu schaden, würde er erst an uns beiden und allen Bridgewater Männern im Raum vorbeikommen müssen.

„Erkläre dich", forderte Xander ihn auf und warf seine Serviette auf den Tisch.

Der Mann wandte seinen Blick zu Emily und zeigte mit einem schmutzigen Wurstfinger auf sie. „Sie schuldet mir Geld."

Ich hörte Emily keuchen. Wie zur Hölle war sie mit diesem Bastard in Kontakt gekommen? Die Antwort war im Moment nicht wichtig. Ich wollte nur, dass er von hier verschwand.

„Wie viel?", fragte ich.

Seine Augen weiteten sich, dann wurden sie schmal mit unverhohlener Habgier. „Fünfzig Dollar."

Xander griff in seine Tasche und zog seine Brieftasche heraus. Er umrundete den Tisch und zählte das Geld ab, bevor er es dem Mann reichte. Xander trat nicht zurück, sondern ragte mit den Händen in die Hüften gestemmt über ihm auf. Da er Quinn im Rücken hatte, wagte es der Mann nicht, Ärger zu machen.

„Betrachte dich als bezahlt", verkündete Xander mit eiskalter Stimme. „Jetzt verschwinde verdammt nochmal von hier." Er zeigte auf die Eingangstür.

Quinn zerrte an seiner Schulter und zog ihn zurück zum Eingang. „Ich werde mich darum kümmern, dass er das Bridgewater Land verlässt."

„Ich bin dir sehr dankbar dafür", sagte Xander mit einem Kopfnicken.

Als die Schritte des Mannes nicht länger gehört werden konnten, kehrte Xander zu seinem Stuhl zurück. „Tut mir leid, Brody, Mason", er nickte den beiden Männern zu, „ich weiß, dies ist euer Haus und ihr hättet diejenigen sein sollen, die ihn rauswerfen."

Brody hielt seine Hand hoch. „Du hast nur deine Frau beschützt." Er sagte nicht mehr, sondern sah Laurel auf eine Art an, die verriet, dass er den Mann getötet hätte, wenn er wegen ihr hier gewesen wäre.

„Wenn ihr uns entschuldigen würdet, wir haben einige Dinge mit unserer Frau zu klären", sagte ich zu allen Versammelten. Ich war verärgert. Wütend. Verdammt frustriert.

Ich griff nach unten und umfasste Emilys Ellbogen mit einer Sanftheit, die nicht meiner Laune entsprach und half ihr auf die Füße. Anschließend führte ich sie aus dem Esszimmer. Sie leistete zwar keinen Widerstand, war aber auch nicht begeistert. Xander ging einen langen Flur entlang und steckte seinen Kopf durch eine Tür, dann eine weitere. Wir folgten ihm in ein Büro und er schloss die Tür hinter uns. Nur die tickende Uhr auf dem Kaminsims machte Geräusche. Das und Emilys schnelle Atemzüge waren zu hören.

„Wer ist er?", fragte ich, als wir uns beide ihr zugewandt hatten.

Sie sah zu Boden und ihre Schultern sackten zusammen. Ihre vor kurzem erröteten Wangen waren jetzt blass.

„Sein Name ist Ralph." Der Klang ihrer Stimme war völlig anders als vor ein paar Minuten, als sie mit Simon gescherzt hatte.

„Woher kennst du ihn?", wollte Xander wissen.

Sie wirbelte herum. Ihre Augen waren groß, als sie auf sich zeigte. „Ich? Ich kenne ihn nicht. Frank kannte ihn."

Scheiße. Ihr spielender Ehemann schuldete dem Mann Geld und hatte Emily deswegen belästigt. „Ist das der Grund, warum er auf dem Picknick mit dir geredet hat?"

Sie sah aus dem Fenster, aber nickte. Ihre Hände spielten mit den Falten ihres Kleides.

„Ist das der Grund, warum du uns geheiratet hast? Damit wir deine Schulden bezahlen?" Xanders Worte waren barsch. Das war ein Blickwinkel, den ich nicht in Erwägung gezogen hatte.

Scheiße. Er dachte, sie hätte uns benutzt. Vielleicht hatte sie das auch. Ohne ihre Antwort zu wissen, konnte ich dennoch verstehen, warum sie es getan hatte, warum eine Frau uns wählen würde, um sie vor Kerlen wie diesem Bastard zu beschützen. Xander hatte allerdings eine dunkle Seele. Er war nicht so vertrauensvoll wie ich. Er hatte in der Vergangenheit vertraut und einen schrecklichen Preis dafür bezahlt.

„Wir sind reich. Du wusstest das", fuhr er fort.

Sie hob langsam ihren Kopf und stellte sich Xanders stählernem Starren. Ihr gesamtes Gesicht war ausdruckslos, ihre Augen fast tot.

„Du hättest auch einfach fragen können." Xanders Lippen wurden schmal, während er mit einer Hand über seinen Bart strich. „Jeder der Bridgewater Männer hätte ihm das Geld gegeben. Du musstest uns deswegen nicht heiraten."

Tränen flossen über ihre Wangen, aber sie waren das einzige Anzeichen ihrer Gefühle.

„Er ist weg, aber uns hast du jetzt am Hals, Liebling."

Als er das Kosewort aussprach, lag keinerlei Wärme

darin.

„Willst du, dass ich dir sage, ich hätte euch aus Liebe geheiratet?", fragte sie mit leiser Stimme. „Ihr liebt mich nicht. Ihr begehrt mich. Das habt ihr letzte Nacht bewiesen. Aber Liebe?" Sie schüttelte ihren Kopf. „Nein. Ihr wolltet mich aus euren eigenen Gründen."

Sie hatte recht. Obwohl ich eine Verbindung zu ihr verspürte, ein Band, das stark genug war, um in mir den Wunsch zu wecken, sie zu heiraten, liebte ich sie nicht. Zumindest noch nicht. Ich kannte sie kaum. Ich bewunderte sie für die Art und Weise, mit der sie sich gegen Xander behauptete, mit der sie sich mit Ralph auseinandergesetzt haben musste, ganz zu schweigen von ihrem Ehemann vor seinem Tod. Sie verdiente kein Arschloch als Mann. Sie verdiente es nicht, als mittellose Witwe zurückgelassen zu werden. Sie verdiente es nicht, von einem Mann belästigt zu werden, der Geld wollte. Zur Hölle, vielleicht verdiente sie nicht einmal uns.

„Du hast bekommen, was du wolltest." Xander stemmte seine Hände in die Hüften. „Jetzt ist es an der Zeit, dass du uns gibst, was wir wollen."

Seine Absicht war klar.

Emily unterbrach ihren Blickkontakt nicht, während sie schluckte, sich dann ruhig umdrehte und über den Tisch beugte. Mit einer Gleichgültigkeit, die durch Erfahrung entstanden war, griff sie nach hinten, hob ihr Kleid hoch, sodass es an ihrer Taille gerafft war. Ihr wunderbarer Arsch war rund und kurvig.

„Meine Güte", flüsterte ich stinksauer darüber, dass sie es mit einer solchen Akzeptanz getan hatte. Ich starrte Xander funkelnd an und wollte ihm am liebsten ins Gesicht schlagen. „Sie hat sich über den Tisch gebeugt, weil sie denkt, du willst sie zur Bezahlung ficken."

Xander trat zu ihr, streichelte mit einer Hand über eine helle Pobacke und sie zuckte zusammen. „Denkst du, wir wollen eine Hure?" Er schlug ihr auf den Hintern und sie keuchte. „Wir haben dich nicht geheiratet, damit du unsere Hure bist. Das ist nicht das, was ich jetzt von dir will."

Sie sah über ihre Schulter, Verwirrung warf auf ihrer glatten Stirn Falten. „Was *willst* du dann von mir?"

„Ehrlichkeit. Wir haben dem Mann Geld gegeben und du wirst uns die Wahrheit geben."

Verdammt richtig.

„Ich habe euch die Wahrheit erzählt!" Sie versuchte, sich zu erheben, aber Xander drückte eine Hand in ihr Kreuz und hielt sie nach unten. Ein rosa Handabdruck entstand auf ihrer hellen Haut.

„Ich war wegen einer lügenden Frau sechs Monate lang im Gefängnis", gestand er.

Ich stellte mich an die Schreibtischseite, damit ich ihr Gesicht beobachten konnte und sah ihren verblüfften Gesichtsausdruck bei seinem Geständnis. Es war offensichtlich, dass ihr die Bridgewater Frauen nicht davon erzählt hatten.

„Ralph kam wegen Geld zu dir?", fragte ich. Sie sah mit ihren dunklen, traurigen Augen zu mir hoch. „Wann?"

„An dem Tag, an dem ich Frank beerdigte. Er sagte, Frank schuldete ihm Geld, weil er beim Kartenspielen verloren hätte."

„Hast du ihm welches gegeben?", fragte Xander.

„Welches Geld?", entgegnete sie in einem trockenen Tonfall. „Die Bank nimmt die Ranch, die Möbel. Alles. Ich habe ihm sogar angeboten, dass er sich zur Bezahlung nehmen sollte, was er wollte, bevor die Bank es wegnahm. Er wollte es nicht. Er wollte *mich*. Jeder in der Stadt weiß, dass mein Ehemann ein Säufer und Spieler war."

Ich hatte es von verschiedenen Quellen gehört, aber das Ausmaß der Probleme ihres Mannes nicht erkannt. Die meisten Männer gingen ab und zu in den Saloon und spielten Karten. Aber eine erfolgreiche Ranch zu verlieren und immer noch Geld zu schulden, war etwas völlig anderes. Und Emily war in das alles hineingezogen worden. Sogar darin gefangen worden.

„Warum hast du dann uns ins Ziel genommen?", fragte Xander. So hätte ich die Frage nicht formuliert, aber es führte dazu, dass sie antwortete.

Sie schürzte die Lippen und verzog ihre Augen zu Schlitzen. „Ich habe euch nicht ins *Ziel* genommen, du riesiger Rohling. *Ihr* habt *mich* gefragt."

„Du warst verzweifelt. Verzweifelt genug, um Ja zu sagen", erwiderte Xander und reizte sie noch weiter.

„Das stimmt. Ich war verzweifelt genug, um Ja zu sagen", wiederholte sie, ihre Worte trieften nur so vor Bitterkeit. „Ich hatte angenommen, dass ihr mich beschützen würdet, wenn er jemals vorbeikäme. Ihr seid beide viel größer als er. Daher dachte ich, dass er das Geld, das ich ihm schuldete, einfach aufgeben würde, wenn er euch beide sähe. Außerdem liegt eure Ranch nicht in der Nähe. Ich hatte gehofft, er würde nicht wissen, wohin ich gegangen war." Als keiner von uns irgendetwas sagte, fuhr sie fort. „Was hätte ich tun sollen? Er hätte mich dazu gezwungen, die Schulden auf meinem Rücken abzuarbeiten."

Xander schob ihr Kleid nach unten und trat zurück, als ob er sich verbrannt hätte. Er wirbelte auf dem Absatz herum, rieb sich mit der Hand über seinen Bart und fluchte. Jetzt sah er den Fehler in seinem Vorgehen. Seine Fragerei hatte sie denken lassen, dass wir genauso waren wie Ralph, dass wir nur ihren Körper wollten.

„Er wollte dich dazu zwingen, als Hure für ihn zu

arbeiten?", fragte ich. Wut stieg in mir auf und ich ballte meine Fäuste. Es war eine gute Sache, dass Quinn den Mann fortgeschleift hatte, dass genug Zeit vergangen war, sodass ich ihn nicht verfolgen konnte.

Sie erhob sich langsam, eindeutig besorgt, dass wir sie wieder auf den Tisch drücken würden. „Samstag. Ich sollte am Samstag zu ihm gehen."

„Fuck!", schrie Xander.

Emily zuckte zusammen. Ich nahm ihren Arm und half ihr, aufzustehen. Ich zog sie in meine Arme und hielt sie fest, eine Hand in ihrem Nacken, die andere an ihrer Taille. Es war mir egal, ob sie wollte, dass ich sie hielt. Ich wollte, sie in meinen Armen spüren.

„Es tut mir leid, Baby", murmelte ich und küsste ihren Scheitel. „Du hast so viel durchgemacht. Klingt, als ob dein Ehemann ein ziemliches Arschloch war."

Sie lachte, wenn auch voller Kummer.

Ich warf über ihren Kopf hinweg einen Blick zu Xander, der sich mit den Händen durch die Haare fuhr und daran zog. Sein Blick lag auf Emily. Er sah sie an, als hätte er keine Ahnung, was er mit ihr tun sollte. Sie war ein Rätsel, ein Mysterium für ihn. Auf einer großen Ranch lebend, hatte er sich mühelos von Menschen distanzieren können. Als sein Freund verstand ich ihn und seine "halte immer das Schlechteste von den Leuten" Einstellung. Er wusste auch, dass ich ihm keinen Mist durchgehen lassen würden. Aber er war jetzt für Emily verantwortlich, was bedeutete, dass er ab jetzt nachdenken und sich anders verhalten musste. Die Frage war, ob seine Vergangenheit eine Kerbe zwischen uns drei schlagen würde? Konnte er der Mann sein, den sie brauchte?

12

ANDER

Scheiße. *Scheiße.* Was zum Henker hatte ich getan? Als der Mann gesagt hatte, er wolle Geld von Emily, hatte ich nicht einmal daran gedacht, dass er sie benutzen könnte, sondern dass *sie uns* benutzt hatte. Ich war dumm gewesen, verdammt dumm. Sie hatte sich sogar über den Tisch gebeugt und ihr Kleid hochgehoben in der Erwartung, dass wir die Bezahlung von ihrer Pussy einfordern wollten. Ich war nicht besser als Ralph.

„Hat Frank dich geschlagen?", fragte ich. Ich versuchte, mein rasendes Herz zu beruhigen, tiefe Atemzüge zu machen und sie nicht noch mehr zu verschrecken, als ich es bereits getan hatte. An guten Tagen machten Menschen schon einen großen Bogen um mich. Tyler war von uns beiden derjenige mit dem sonnigen Gemüt. Emily brauchte es, dass ihre Männer sie wertschätzten, nicht zu Tode verängstigten.

Tyler hielt sie fest, als könne er all ihren Schmerz aufsaugen – Schmerz, den ich verursacht hatte. Ich musste die Schatten auf ihrem Herzen kennen, wissen, wie sie in der Vergangenheit verletzt worden war, damit ich die Fehler nicht wiederholte.

„Ein paar Mal." Ihre Stimme wurde von Tylers Hemd gedämpft. Er lockerte seinen Griff – ein wenig. „Er war immer betrunken und ich hatte das Hausgeld versteckt."

Die Vorstellung, dass irgendjemand die Hand gegen sie erhob, besonders ihr *Ehemann*, die Person, die sich um sie hätte kümmern sollen, weckte in mir den unbändigen Wunsch, auf etwas einzuschlagen. Jemanden. Aber das war nicht das, was sie im Moment brauchte.

Sie hatte uns die Wahrheit erzählt und verdiente sie dafür auch von mir. Ich musste das wieder in Ordnung bringen und der einzige Weg, der mir einfiel, war, ihr mehr über den Mann zu erzählen, den sie geheiratet hatte. Sie hatte nur einen kurzen Blick auf ihn erhascht. Ich war nicht weich. Ich war nicht freundlich. Es war gut, dass sie vor dem Gesetz mit Tyler verheiratet war. Falls es nötig werden sollte, könnte ich einfach davonreiten und die beiden allein lassen. Sie wäre in Sicherheit und gut versorgt bei ihm. Mein Frühstück lag mir schwer im Magen bei der Vorstellung, nie wieder ihr Lächeln zu sehen oder die Art und Weise, wie sie auf meinem Schwanz gekommen war. Nie wieder zu wissen, dass ich ihr das Vergnügen, das sie verdiente, verschafft hatte.

„Ich saß wegen eines Verbrechens, das ich nicht begangen habe, im Gefängnis."

Emily wand sich aus Tylers Griff und er ließ seine Hände fallen. Allerdings nur so lange, bis er sie wieder an sich ziehen und seinen Arm um ihre Taille schlingen konnte. Er hielt sie nah bei sich und ich machte ihm keinen Vorwurf.

„Ich war in Laramie und verbrachte den Abend im Saloon. Ich hatte zu viel Whiskey getrunken und wachte am nächsten Tag in einer Gefängniszelle auf. Der Sheriff erzählte mir, dass ich eine Frau fast totgeschlagen hätte. Es gab zwei Zeugen."

Während ich sprach, drehte sich mir der Magen um, da die Erinnerungen daran, wie ich mich damals gefühlt hatte, wieder hochkamen. Verkatert, definitiv. Verwirrt. Ich war unrechtmäßig eingesperrt worden und hatte nicht einmal gewusst warum.

„Ich konnte mich an nichts erinnern. Es war möglich, dass ich es tatsächlich getan hatte."

„Schwachsinn", widersprach Tyler.

Ich warf meinem Freund einen Blick zu und wusste, dass er in der Situation genauso hilflos gewesen war wie ich.

„Warst du nicht bei ihm?", fragte Emily, während sie über ihre Schulter zu Tyler blickte.

Ich schüttelte meinen Kopf und antwortete für ihn: „Ich war geschäftlich allein unterwegs. Ein Rinderdeal. Stattdessen stand ich plötzlich vor dem Bezirksrichter und fand mich dann für sechs Monate im Gefängnis wieder."

„Du hast bestimmt keine Frau geschlagen. Das würdest du nicht tun!" Die Heftigkeit, mit der sie auf ihrer Aussage bestand, schmolz eine verhärtete Stelle in meinem Herzen. Selbst nach den Anschuldigungen, die ich ihr an den Kopf geworfen hatte, verteidigte sie mich noch.

„Nach dem, was ich dir gerade angetan habe, bist du dir da so sicher?"

„Ja", antwortete sie schlicht.

Ich schüttelte meinen Kopf angewidert. „Ich bin keine

nette Person, Emily. Ich denke von den Leuten immer nur das Schlimmste."

Sie kam zu mir, nahm meine Hände. Ich sah hinab auf ihre, die so viel kleiner als meine waren. Ihre Haut war so blass, ihre Finger so zierlich und zerbrechlich.

„Was ist wirklich passiert?"

„Ein anderer Mann wollte die Rinder. Er ging in den Saloon und mit einer Hure nach oben. Er...hat sie grob genommen, sie gewürgt, geschlagen, dann zurückgelassen. Ein Saloon Mädchen, das, wie wir herausgefunden haben, großzügig bezahlt worden war, half mir nach oben und in das Zimmer der Frau."

„Also haben sie dich mit der armen Frau gefunden und alle zeigten mit den Fingern auf dich", stellte sie fest.

„Er hat die Hure bezahlt, damit sie vor dem Richter log und dabei half, dass ich verurteilt wurde." Ich erinnerte mich daran, wie hilflos ich mich gefühlt hatte, weil ich wegen eines Verbrechens, an das ich mich nicht einmal erinnern konnte, hinter Gitter gesteckt worden war.

„Tyler hat sechs Monate gebraucht, um die Wahrheit herauszufinden. Der wahre Täter wurde zur Rechenschaft gezogen und ich freigelassen."

Sie wirbelte herum, da sie erkannte, dass die Verbindung, die Freundschaft zwischen mir und Tyler mehr war, als nur dieselbe Frau zu ficken. Ich hatte nicht viele Freunde, aber für das, was er getan hatte, damit ich freigelassen wurde, würde ich immer in seiner Schuld stehen. Vielleicht schloss das sogar Heiraten ein, als ich es nicht hätte tun sollen, weil ich wusste, dass ich für keine Frau gut war. Aber jetzt, erst nach einem Tag der Ehe, erkannte ich, dass er recht gehabt hatte. Eine Frau – Emily – war gut für mich, für uns. Ich musste nur aufhören, es zu versauen.

„Also, Liebling, du hast einen verkorksten Bastard geheiratet."

Ihren Kopf drehend sah sie zu mir und schürzte ihre Lippen. „Definitiv einen, der gerne flucht."

Das konnte ich nicht leugnen. „Ich vertraue nicht so schnell", gab ich zu. „Ich mag keine Lügner und ich mag Kontrolle. Wenn du einen sanften Ehemann willst, dann wende dich an Tyler."

Bei meinen Worten sah sie nach unten, wrang ihre Hände. Tyler schwieg. Ich schwieg ebenfalls und wartete darauf, was sie sagen würde. Diese dämliche tickende Uhr erinnerte mich nur daran, dass sie schrecklich lange zum Nachdenken brauchte.

„Vielleicht...ist ein sanfter Ehemann genug."

Mein Herz überschlug sich bei ihren Worten. Ja, Tyler würde gut für sie sein. Ich nickte mit dem Kopf und drehte mich zur Tür, fand mich mit dem Wissen ab, dass sie gut versorgt sein würde. Ohne mich.

Ihre kleine Hand auf meinem Arm hielt mich auf.

„Ich...ähm, mag es auch grob."

Langsam drehte ich mich zu ihr, um sie anzustarren, in ihre dunklen Augen zu blicken und nach der Wahrheit zu suchen.

„Was willst du damit sagen, Emily?"

„Ich sage, dass es...es mir gefallen hat, wenn du grob warst."

Ihr Geständnis färbte ihre Wangen leuchtend rot.

Mein Mundwinkel hob sich. „Dir gefällt es, wenn ich die Kontrolle übernehme, Liebling?"

Sie nickte, dann biss sie auf ihre Lippe.

„Dir gefällt es, wenn ich dich gegen die Tür drücke und deine Pussy lecke, bis du kommst?"

Ich sah Hitze in ihren Augen aufflackern, die Röte kroch ihren Hals hinab. „Ja."

„Ich kann nicht sanft sein, Liebling, aber ich werde dir nie wehtun."

„Ich weiß."

Und einfach so wurde mein Schwanz hart, mein Körper entspannte sich und ich nahm die Denkweise eines Mannes ein, der eine Frau hatte, die kontrolliert werden musste. Der das gefiel. Die deswegen zum Höhepunkt kam. Die es *brauchte*.

Ich blickte rasch zu Tyler und er nickte mir kurz zu. Emily verließ mich nicht. Sie wollte mich so, wie ich war.

„Du warst so ein gutes Mädchen. Ich denke, du verdienst eine Belohnung."

Ich grinste, als ich sah, dass ihr Mund aufklappte und sich ihre Nippel unter dem Kleid aufrichteten.

13

MILY

„BELOHNUNG?", fragte ich.

Xander hatte meine Emotionen so auf den Kopf gestellt, dass mein Gehirn ganz durcheinander war. Als Ralph in das Haus gezerrt worden war, hatte ich gedacht, mein Herz würde aufhören zu schlagen. Er war verrückt, auf die Bridgewater Ranch zu kommen und mich wegen des Geldes in die Mangel nehmen zu wollen. Er hätte erschossen und an einem Ort, an dem niemand jemals seinen Körper finden würde, vergraben werden können. Xander und Tyler hatten mich beschützt, den Mann bezahlt und waren ihn innerhalb weniger Minuten losgeworden.

Ich hatte gewollt, dass sie mich vor Ralph beschützten, aber hatte nicht erwartet, dass sie ihn bezahlen würden. Panik wurde von Erleichterung abgelöst, als mir klar wurde, dass er mich nicht länger verfolgen würde. Ich war ein für alle Mal frei von ihm.

Aber dann hatte mich Xander schrecklicher Dinge beschuldigt. Ich hatte sogar gedacht, dass er eine Bezahlung in Form von...von Ficken wollte. Deswegen hatte ich angenommen, dass er nicht besser wäre als Ralph oder Frank. Also hatte ich mich in der Annahme, dass er mich nehmen wollte, pflichtschuldig über den Schreibtisch gebeugt. Sein Gesicht hatte, als ich das getan hatte, eine Mischung aus Wut und Entsetzen wiedergespiegelt.

Anschließend hatte mein Herz für ihn geschmerzt, als ich von seiner Vergangenheit und dem Grund für sein abruptes und hartes Verhalten erfahren hatte. Was er durchgemacht hatte, musste furchtbar für ihn gewesen sein, für einen Mann, der sich so verzweifelt nach Kontrolle sehnte. Ich verstand jetzt, warum er die Kontrolle wollte, wenn wir zusammen waren, warum er mir neulich erzählt hatte, er wolle, dass ich mich ihm unterwarf.

Ich unterwarf mich ihm nicht, wie ich es bei Frank getan hatte, ohne etwas im Gegenzug zu erhalten. Ich gab mich Xander hin und er sah das als Geschenk, das er wert zu schätzen wusste.

Ich hatte behauptet, ich würde sie nicht lieben. Das tat ich auch nicht, aber nach Xanders Geständnis wusste ich, dass es zu gegebener Zeit passieren würde. Aber würden sie mich jemals lieben? Xander sprach davon, dass er Lügner hasste. Ich war einer. Ich hatte ihnen nicht davon erzählt, dass ich Frank getötet hatte. Dieses Geheimnis zu bewahren, kam einer Lüge gleich, da sie nie die Art Frau kennen würden, die sie geheiratet hatten. *Ich* war die Lüge. Ich hatte zwar nicht versucht, mein Verbrechen einer unschuldigen Person anzuhängen, aber ich war definitiv damit davongekommen.

„Eine Belohnung, Liebling", wiederholte Xander. Seine Stimme hatte, auch wenn sie noch befehlend war, ihre

Schärfe verloren. Er verfolgte immer noch eine Absicht, aber deren Ziel hatte sich verändert. „Keine Süßigkeit oder so etwas, obwohl ich es sehr süß finden werde."

Ich runzelte die Stirn, da ich mir nicht sicher war, was er meinte.

„Halte deinen Rock für mich hoch. Höher. Höher."

Ich hob den Stoff so hoch, dass der untere Bereich meiner Beine entblößt wurde. Erst meine Knöchel, dann meine Waden, dann höher und höher, bis ich wusste, wovon er sprach.

Ich spürte Tyler in meinem Rücken und dass seine Hände meine Brüste umfassten. Er drückte und liebkoste sie nur kurz. Anschließend bewegte er sie, um die Knöpfe meines Kleides öffnen zu können, sodass meine Brüste ihren Blicken offenbart wurden und sie, ohne von dem Kleid daran gehindert zu werden, mit ihnen spielen konnten.

Xander fiel vor mir auf die Knie, als ich den Stoff an meiner Taille raffte, genauso wie er es schon gestern getan hatte. An Stelle der unnachgiebigen, harten Tür hatte ich Tyler im Rücken, der nur aus Muskeln und heißer Haut bestand. Xander schob meine Schenkel auseinander, küsste die weiche Haut auf einer Seite, dann die andere. Das Kratzen seines Bartes brachte meine Haut zum Kribbeln und bildete einen starken Kontrast zu seinen weichen Lippen. Er blickte zu mir hoch, in seinen dunklen Augen schimmerten Erregung und ein Hauch Flehen. „Ich werde nicht sanft sein, Emily, aber ich werde dich befriedigen."

Durch meinen Schleier der Erregung sah ich den Kuss als das, was er gewesen war. Sanft. Xander erkannte es nicht oder wusste nicht einmal, dass er so etwas in sich hatte.

Als seine Finger in mich glitten, während sein Mund meinen Kitzler umschloss, wusste ich, dass er mich befriedigen würde, wie er es versprochen hatte. Das stand außer Frage. Er reizte mich nicht, begann nicht langsam, sondern krümmte seine Finger über einer Stelle in mir, die meine Hüften zum Zucken brachte und meinen Lippen ein Keuchen entriss.

Seine Zunge glitt über mein frisch entblößtes Fleisch und ich musste zugeben, dass es wirklich viel empfindlicher war. Er schnalzte gegen meinen Kitzler, während er daran saugte, wodurch er mich innerhalb von Sekunden zum Höhepunkt brachte und ich erkannte, dass ich nie wieder an ihnen zweifeln würde.

Als Tyler an meinen Brustwarzen zog und sie daraufhin zwickte, konnte ich mich nicht zurückhalten. Ich war so leicht erregbar. Ich kam mit einem atemlosen Schrei.

„Xander, ja!"

Ich erschlaffte an Tyler gelehnt, mein Atem kam nur noch stoßweise und ich war schlaff wie eine Stoffpuppe. Da stellte ich fest, dass meine Finger in Xanders dunklen Haaren vergraben waren und ich sein Gesicht an meine Pussy drückte.

Nachdem ich meinen Griff gelockert hatte, löste er sich von mir und blickte von meiner intimen Stelle zu mir hoch. Seine Lippen und Bart glänzten mit meiner Erregung. Langsam zog er seine Finger aus mir, dann leckte er sie sauber.

„So süß", murmelte er, bevor er sich erhob und eine Hand in meinen Nacken legte. „Koste."

Er senkte seinen Kopf und küsste mich, seine Zunge tauchte in meinen Mund und ich schmeckte Xanders persönliches Aroma, aber auch mein eigenes. Ich schmeckte süß und moschusartig, die Kombination war berauschend.

„Ich hoffe, du bist nicht hungrig, da ich so schnell wie möglich nach Hause gehen möchte."

Tyler grunzte zur Antwort. „Wir würden dich jetzt ficken, Baby, aber ich bezweifle, dass Brody und Mason den Rest des Tages auf ihr Büro verzichten möchten."

Mit dieser Erkenntnis kam die Scham. „Oh, ich bin mir sicher, sie haben mich gehört. Was werden sie nur denken?"

Ich bedeckte mein Gesicht mit den Händen.

„Sie werden denken, dass du zwei sehr fähige Liebhaber hast."

Ich spähte zwischen meinen Finger zu ihnen. Sie standen mit unverhohlener Erregung vor mir und mit sehr harten Schwänzen, die ich bei einem Blick nach unten auf die Vorderseite ihrer Hosen sehen konnte. Es war allerdings ihr Grinsen, dass mich dazu brachte, meine Hände wegzuziehen und mit ihnen zu lachen. Es war fantastisch, wie sich die Stimmung nach einem Orgasmus, den meine Männer herbeigeführt hatten, veränderte.

„Natürlich bin ich begeistert!", schrie Tylers Mutter, als ich vorgestellt wurde.

Wir waren nach Helena geritten und lagen gut in der Zeit, da wir noch vor Sonnenuntergang am Haus von Tylers Eltern angekommen waren. Xander hatte erklärt, dass es ungefähr auf halbem Weg zur Ranch lag und wir dort die Nacht verbringen würden.

Ich wusste, dass die Bridgewater Männer wohlhabend waren. Ich wusste sogar, dass Tyler und Xander Geld hatten – selbst wenn Xander Ralph die fünfzig Dollar nicht direkt aus seiner Brieftasche gegeben hätte, so hätte ich es anhand der Informationen, die mir Olivia über die Ranch ihres Cousins verraten hatte, gewusst. Aber die Villa, in der Tyler aufgewachsen war, kündete so viel offensichtlicher von ihrem Reichtum. Bis jetzt hatte ich drei Diener gezählt, die Tyler alle beim Namen kannte.

Ich hatte eine schwerfällige, ältere Frau mit einer diamantenbesetzten Brosche an der Schulter erwartet, aber ich hatte so falsch gelegen. Mrs. Tannenbaum war entspannt und reizend. Sie umarmte den steifen Xander und entlockte ihm sogar ein Lächeln. Anstatt eine späte Mahlzeit in dem formellen Esszimmer einzunehmen, saßen wir um einen abgenutzten Tisch in der Küche.

„Ich wusste, dass ihr zwei gemeinsam eine Braut finden würdet, aber nicht, dass es diese Woche passieren würde." Sie war zufrieden und überwältigt von den Neuigkeiten. „Es tut mir leid, dass deine Väter nicht hier sind, um euch zu sehen. Sie hätten ihr Treffen in Billings abgesagt, wenn sie es gewusst hätten."

Sie streichelte mit einer Hand über die Wange ihres Sohnes, ihre Liebe war so offenkundig. Ich spürte einen Anflug von Neid auf das, was sie miteinander verband. Ich hatte meine Mutter nie gekannt, da sie gestorben war, als ich noch ein Baby gewesen war und ich wollte mich nicht an meinen Vater erinnern.

„Wie du immer gesagt hast – "

„Blitzschlag."

Tyler nickte bei dem Wort.

Mrs. Tannenbaum wandte sich mir zu. „Erzähl mir von dir Emily."

Ihre Haltung war gerade und ihre Hände in ihrem Schoß gefaltet. Sie war eine richtige Dame.

Ich tupfte mit der Serviette über meine Lippen und trank einen Schluck Wasser. Ich räusperte mich, da ich

plötzlich nervös war. *Ich bin eine Lügnerin. Eine Mörderin.*
„Nun, Mrs. Tannenbaum – "

„Belinda, bitte."

Ich nickte leicht. „In Ordnung. Belinda. Ich bin vor kurzem verwitwet und befand mich in einer prekären Lage." Mehr als das musste ich ihr nicht erzählen und ich war erleichtert, dass auch keiner der Männer beschloss, es ihr zu erzählen. Ich sah zwischen ihnen hin und her. Tyler beobachtete mich mit seiner üblichen ruhigen Art – jetzt wusste ich, woher sie stammte – und Xander schöpfte sich die zweite Portion Hühnchen und Klöße.

„Es war keine gute Ehe", stelle Belinda fest. Sie formulierte es nicht als Frage, sondern als Tatsache. Sie war sehr gut darin, Menschen zu lesen, also schaute ich weg. Was konnte sie sonst noch sehen?

„Nein. Es war keine gute Ehe. Er war kein guter Mann." Die Wahrheit kam mir leicht über die Lippen. „Xander und Tyler zu heiraten, nun ja, es war vielleicht kein Blitzschlag, wie du es nennst..." Ich schluckte wieder, da ich mir Sorgen machte, dass ich jeden gegen mich aufbrachte. Vielleicht würde sie mich für eine Goldgräberin halten oder, was noch schlimmer wäre, für das, was ich wirklich war. „Allerdings finde ich, dass Xander und Tyler beide...nett sind."

Xander hob eine Braue und seine Gabel mit einem Kloßstückchen verharrte auf halbem Weg zu seinem Mund. „Nett? Das denkst du von uns?"

Ich zuckte mit den Achseln, da ich vor meiner neuen Schwiegermutter nicht zugeben wollte, dass ich ihren Sohn und Xander sehr attraktiv fand und mich danach sehnte, dass sie mich fickten, sobald wir allein waren.

„Wir werden an ein paar anderen Adjektiven arbeiten müssen", meinte Tyler mit einem sehr leidenschaftlichen Blick.

Ich spürte, wie ich rot wurde.

„Eine Frau heiratet aus völlig anderen Gründen als ein Mann. Sieh dir nur die zwei an." Belinda wedelte mit ihrer Hand zwischen den Männern hin und her. „Sie haben Geld, Aussehen, Land, ein erfolgreiches Geschäft. Sie müssen niemandem Rechenschaft ablegen. Eine Frau hingegen kann nicht arbeiten, aber wenn sie es täte, wäre es eine zermürbende Aufgabe für eine mickrige Summe. Sie würde sich für weniger ehrenhafte Männer angreifbar machen und ihre Tugend würde ständig in Frage gestellt werden."

Obwohl Xander wieder anfing, zu essen, hörte er aufmerksam zu.

„Was dich betrifft, so nehme ich an, dass du als Witwe keinen Schutz hattest, als du allein warst. Hast du Familie?"

Ich legte meine Serviette neben meinen Teller auf den Tisch. „Nein, Ma'am."

Tyler erhob sich, holte die Kaffeekanne vom Herd und füllte seine Tasse.

„Zum Schutz zu heiraten, ist ein guter Grund. Ein Mann muss das verstehen und *sanft*", sie sah direkt zu Xander, dann zu Tyler, „und *geduldig* sein."

„Die Botschaft ist angekommen, Mutter", sagte Tyler trocken und setzte sich wieder hin, wobei er seine langen Beine unter dem Tisch ausstreckte.

Sie war so *nett*. Wie würde sie über mich denken, wenn sie erfuhr, dass ich eine Mörderin war? Gott, die Schuld, die Sorge sie wurden immer schlimmer. Mein Geheimnis wirkte sich auf so viele Menschen wie eine Waffe aus. Ich hatte nicht vor, irgendeinen von ihnen zu verletzen, aber die Liste der Verletzten wuchs trotzdem stetig.

„Hast du keine Kinder?" Sie sah mich fast wehmütig an.

Ich sah hinab auf meinen leeren Teller. Ich war eine Lügnerin und möglicherweise unfruchtbar. Ich war eine

schreckliche Ehefrau. Die Schuld fraß mich innerlich auf.
„Nein."

„Ich konnte nur Tyler bekommen, aber ich durfte auch Olivia großziehen, nachdem ihre Eltern gestorben waren. Ich bin mir sicher, die zwei werden dich schon bald schwängern."

Meine Wangen brannten wegen ihren unverblümten Worten.

„Mutter!", schrie Tyler und verdrehte die Augen.

Xander machte ein Geräusch tief in seiner Kehle.

Belinda wirkte kein bisschen beschämt. „Ich möchte Enkelkinder."

Sie stand auf. Xander und Tyler ebenfalls. „Ich werde euch allein lassen, damit ihr euch der Aufgabe widmen könnt. Ihr seid Frischvermählte. Deine Mutter sollte daher nicht in eurer Nähe sein. Aber ich bin froh, dass ihr hierhergekommen seid. Ihr kennt den Weg zu euren Zimmern." Sie lief um den Tisch und umarmte mich liebevoll, wobei uns der Duft ihres sanften Parfüms umwirbelte. Sie küsste ihren Sohn, dann glitt ihre Hand Xanders Oberarm hinab und sie ging aus dem Zimmer.

„Schäm dich nicht", sagte Tyler. „Wenn es bedeuten würde, dass sie Enkel bekommt, würde sie uns sogar im Schlafzimmer einsperren, bis unser Samen Wurzeln schlägt. Der Vorteil einer Frau wie ihr, die zwei Ehemänner hat, ist, dass sie sich derer Bedürfnisse sehr bewusst ist." Er gluckste.

„Du meinst Ficken", erwiderte ich und blickte vom einen zum anderen.

„Zur Hölle, ja", bestätigte Xander und fuhr sich mit der Hand über seinen Bart.

Tyler trat einen Schritt auf mich zu und umfasste meinen Hinterkopf. „Was Enkelkinder betrifft..."

„Was, wenn ich keine haben kann? Ich...hatte einmal eine Fehlgeburt und danach keinen Erfolg mehr." Ich knabberte auf meiner Lippe. Was, wenn ich die wichtigste Rolle einer Ehefrau für nicht nur einen Ehemann, sondern zwei, nicht erfüllen konnte?

Tyler küsste mich auf den Scheitel. „Es tut mir leid, das zu hören, Baby. Das muss sehr traurig für dich gewesen sein. Vielleicht lag ja das Problem beim Babymachen nicht bei dir, sondern bei Frank. Was das Babymachen mit uns angeht, nun ja, wir haben dich oft genug gefickt, dass es eine Möglichkeit sein könnte."

„Und nur um sicher zu sein, werden wir jetzt die Treppe hochgehen und dich die ganze Nacht lang mit unserem Samen füllen." Xander ließ keinen Raum für Missverständnisse.

„Verdammt richtig", bekräftigte Tyler. Er ging in die Knie, warf mich über seine Schulter und trug mich die hintere Treppe hoch. Wenn ich kein Baby haben konnte, so würde es immerhin nicht daran liegen, dass wir es nicht versucht hätten.

„Aber..." Ich konnte nichts mehr sagen. Ich versuchte es, aber die Luft wurde mit jedem Schritt aus mir gestoßen und gequetscht.

14

YLER

Ich ließ Emily auf das große Bett fallen. Sie hüpfte einmal auf und blieb dann liegen. Ihre Haare fielen aus den Nadeln, ihre Augen waren groß vor Überraschung und ihre Wangen gerötet. Sie sah übermütig und wundervoll aus und ich konnte es nicht erwarten, ihr die Klamotten vom Leib zu reißen, damit ich jeden Teil ihres Körpers berühren konnte. Damit ich sie vor Vergnügen zum Schreien bringen konnte.

In der Vergangenheit hatte es sich beim Sex nur um das Erreichen des Höhepunktes gedreht, die Möglichkeit mich in dem Vergnügen zu verlieren. Mit Emily war es so viel mehr als das. Ich wollte *sie* befriedigen. Das machte die Hälfte des Spaßes aus. In einem Jahrzehnt würden wir vielleicht all die verschiedenen Arten herausgefunden haben, um sie feucht zu machen. In der Zwischenzeit würden wir viel Spaß dabei haben, sie zu entdecken.

„Wie gut, dass dein Hintern noch nicht für unsere

Schwänze bereit ist, Liebling. Wir wollen jeden einzelnen Tropfen unseres Samens in deine süße Pussy spritzen, bis wir dir das Baby geben, das du willst", merkte an, während ich die Knöpfe meines Hemdes öffnete.

Xander entzündete die Laterne neben dem Bett, die das Zimmer in ein sanftes Leuchten tauchte.

„Ihr wollt Kinder?", fragte sie und sah zwischen uns hin und her. Xander stand neben mir, sodass wir Schulter an Schulter über ihr aufragten.

„Zur Hölle, ja. Ein kleines Mädchen, dass genauso aussieht wie du", antwortete ich und beobachtete, wie ihr Tränen in die Augen traten.

Xander warf mir wegen ihrer unerwarteten Reaktion einen Blick zu. „Ich hatte nie gedacht, dass es eine Möglichkeit sein könnte. Die Vorstellung, dass sich dein Bauch mit unserem Kind rundet..." Xander stöhnte.

Zu meiner Überraschung rollte Emily seitlich vom Bett und begann, im Zimmer auf und ab zu tigern, während sie doch tatsächlich weinte.

Ich sah zu Xander, der die Stirn runzelte.

Ich wusste, dass Frauen manchmal launisch waren, aber das...das war etwas anderes. Ich wusste, wir mussten hier vorsichtig vorgehen. Ich hatte schon gesehen, wie meine Väter versuchten, meine Mutter zu beruhigen. Das erforderte eine sanfte Hand.

„Was ist los?", fragte ich.

Sie schüttelte ihren Kopf und fing an zu murmeln, während sie weinte. Ich konnte sie nicht verstehen, aber hörte einige Worte. Lügnerin. Ärger.

Ich fing sie, als sie an uns vorbeilief und zog sie in meine Arme, aber sie riss sich los und beugte sich nach vorne, bedeckte ihr Gesicht mit den Händen.

Was zur Hölle hatten wir getan? Sanfte

Überredungskunst funktionierte nicht. Freundlichkeit funktionierte nicht. Scheiße. Ich hasste weinende Frauen. Ich rieb mir mit der Hand über den Nacken. „Emily…schh."

„Stopp", befahl Xander, dessen Stimme durch den ansonsten ruhigen Raum hallte.

Emily saugte geräuschvoll Luft ein und ließ ihre Hände fallen. Sie hörte auf zu weinen. Xander hatte sie wahrscheinlich so sehr verschreckt, dass die Tränen versiegten, aber es hatte funktioniert. Sie starrte ihn mit geöffnetem Mund an.

„Zieh deine Kleider aus", verlangte Xander.

Ich legte eine Hand auf seinen Arm. „Was ist, wenn sie aufgebracht ist, weil sie nicht ficken möchte?"

„Das ist es nicht", erwiderte er. Wie er sich dessen so sicher sein konnte, wusste ich nicht. „Hast du Angst, uns zu ficken, Liebling?"

Sie schüttelte ihren Kopf. Ihre Wangen waren tränenverschmiert und blass.

„Zieh deine Kleider aus", wiederholte er. „Alle."

Emily verharrte für den Bruchteil einer Sekunde, aber tat, was Xander sagte. Nein, befahl. Sie unterwarf sich ihm. Das Problem war nicht gelöst, aber sie reagierte. Vielleicht hatte Xander recht. Vielleicht hatte sogar Emily recht. Sie mochte es grob und er dominierte gern.

Nach kurzer Zeit stand sie nackt vor uns, ihr Kleid, Unterhemd, Strümpfe und Stiefel lagen auf einem kleinen Haufen auf dem Boden zwischen uns. Ihre Nippel richteten sich vor unseren Augen auf.

Xander hob sein Kinn. „Dreh dich um und leg deine Hände auf den Bettrand. Gut. Jetzt lehn dich auf deine Unterarme."

Emily begab sich in die Position, die Xander von ihr

erwartete, senkte ihren Kopf, streckte ihren Hintern hoch und raus.

„So willst du mit ihr reden?", fragte ich besorgt darüber, dass sie gleich wieder zu weinen anfangen würde. „Heute Morgen befand sie sich in der gleichen Stellung über einem Tisch und dachte, wir wollten sie ficken."

„Hier geht es nicht um Sex. Spreiz deine Beine. Weiter." Offensichtlich ignorierte er meine Einwände. „Gutes Mädchen." Xanders Stimme hatte, auch wenn sie tief war, schon fast einen beruhigenden Tonfall und mir entging nicht, wie Emily seufzte und sich ihr Körper entspannte.

Er schaute zu mir. „Ja, so werden wir mit ihr reden. Sie mag es. Ich weiß es, weil sie feucht ist."

Ihre rasierte Pussy war entblößt und ich konnte sehen, dass ihre Schamlippen mit ihrer Erregung glänzten. Xander beschloss, einen stumpfen Finger über sie gleiten zu lassen, damit auch Emily sich dessen bewusst war. Sie keuchte, ihre Hüften ruckten, aber sie blieb an Ort und Stelle.

„Sie weiß, dass wir ihr nicht wehtun werden. Richtig, Emily?"

„Ihr werdet mir nicht wehtun", antwortete sie, die Laute wurden von der Bettdecke gedämpft. Sie schniefte einmal, dann wieder.

„Wir werden dir den Hintern versohlen."

Da versteifte sie sich, aber Xander legte seine Handfläche auf ihr Kreuz.

„Warst du böse, Emily?"

Xanders Hand bewegte sich nach unten, streichelte über eine helle Pobacke.

Sie nickte.

Klatsch.

„Du wirst deinen Männern das Problem übergeben, Liebling."

Klatsch.

„Wir müssen ihr zuhören, nicht den Hintern versohlen", erklärte ich ihm. Er trieb es zu weit.

Xander hob seine Hand und schlug auf eine andere Stelle auf ihrem Hintern. Die Haut nahm sofort einen hübschen Rosaton an. Emily schrie auf, aber verharrte in ihrer Position.

„Sie braucht das. Sie muss es rauslassen." *Klatsch.* „Sie wird es nicht erzählen. Was auch immer es ist, wegen dem sie solche Schuldgefühle empfindet." Er neigte wieder sein Kinn. „Kannst du es nicht sehen? Sie braucht es, dass ich – wir – die Führung übernehmen. Sie will es uns erzählen, aber weiß nicht wie. Wir werden ihr die Entscheidung abnehmen. Es ist jetzt nicht mehr ihre Entscheidung, sondern unsere."

Klatsch, Klatsch.

Die Schläge waren nicht hart. Sie erhob sich nicht einmal auf ihre Zehenspitzen oder schrie vor Schmerz auf. Xander war behutsam, beobachtete ihre Reaktionen jedes Mal, wenn seine Hand zuschlug.

„Was hast du getan, Emily?", fragte Xander ein ums andere Mal.

Sie weinte jetzt heftig, aber war nicht länger angespannt. Sie war schon vor langer Zeit bei jedem Schlag erschlafft, hatte es zugelassen. Es angenommen. Nachgegeben.

„Ich hab es getan!", schrie sie.

Klatsch.

Ich erkannte jetzt, dass sie auf seine ungewöhnlichen Methoden ansprach. Ich hatte keine Ahnung, woher Xander wusste, was sie brauchte. Gott sei Dank konnte er sie lesen, wenn ich es nicht konnte.

„Was getan, Baby?", fragte ich. Ich passte mich Xanders tiefem Tonfall an.

„Ich habe ihn getötet."

Xanders Hand hielt mitten in der Luft inne und er sah zu mir, seine Augenbrauen hoben sich. Hatte sie gerade *getötet* gesagt? Xander fing sich, zog seine Hand zurück und ließ sie wieder auf ihren Hintern fallen. Ich konnte jetzt sehen, dass sie keine andere Reaktion als Dominanz von uns brauchte. Wenn wir ins Schwanken gerieten, würde sie es auch.

„Wen?", fragte er mit derselben ruhigen Stimme.

„Frank", schrie sie, als Xander wieder auf ihren Po schlug. Ihr Weinen erklang jetzt in tiefen Schluchzern.

Xander hörte nicht auf, aber an dem Klang seiner Hand auf ihrem roten Hintern erkannte ich, dass er mit weniger Kraft zuschlug. Er verteilte immer mehr Schläge auf ihrem Po, bis die gesamte runde Fläche heiß glühte.

Sie hatte ihren Ehemann getötet. Er war nicht gestorben, weil er betrunken die Treppe hinabgefallen war. Was hatte er ihr angetan, um sie zu solch einer Tat zu treiben? Emily würde so etwas auf keinen Fall tun, ohne provoziert zu werden. Sie war keine Mörderin. Sie war Olivia mit einem Gewehr zur Rettung geeilt und hatte sich drei großen Männern gestellt. Simon, Cross und Rhys hätten ihr nicht wehgetan, aber sie hatte das nicht gewusst und war das Risiko eingegangen, um ihre Freundin zu beschützen.

Als ihre Tränen ein wenig nachließen, fragte Xander: „Wie?"

„Ich...ich habe ihn mit der Bratpfanne erschlagen."

Xanders Hand fiel zu seiner Seite und für einen Moment starrten wir sie einfach an, wie sie mit ihrem Hintern in die Luft gereckt vor uns vornübergebeugt war.

Einer Bratpfanne?

Xander hob sie in seine Arme und setzte sich auf das Bett, ihr Kopf ruhte unter seinem Kinn. Sie zischte, als ihr

Hintern mit seinen Schenkeln in Berührung kam, weshalb Xander sie so bewegte, dass sie bequemer saß.

Ich kniete mich vor sie, streichelte mit meiner Hand über ihre Wange, mein Daumen wischte die restlichen Tränen weg. Sie so zu sehen, war herzzerreißend.

„Was hat er dir angetan?"

„Er war betrunken." Sie hickste, dann schniefte sie. „Er wollte Geld, das ich vor ihm versteckt hatte. Er musste es Ralph geben, aber ich weigerte mich. Es war das Geld fürs Essen, für das Haus." Sie holte tief Luft, dann erzählte sie weiter: „Er kam mir nach, wie ich es befürchtet hatte. Ich nutzte die einzige Waffe, die ich zur Hand hatte."

„Du hast ihn mit einer Bratpfanne geschlagen?"

Sie nickte an Xanders Brust. „Er sagte, er würde mich... mich verprügeln, dann seine Rechte als Ehemann einfordern."

Meine Güte. Ich blickte zu Xander. Er hatte ihr gerade den Hintern versohlt und ich hatte ihn nicht aufgehalten.

Als ob Xander meine Gedanken lesen könnte, murmelte er: „Nicht das Gleiche."

Ich war mir da nicht so sicher.

„Also warst du in der Küche und er kam dir hinterher?"

Sie schüttelte wieder ihren Kopf. „Ich war oben im Schlafzimmer. Er hatte mich aufgeweckt. Ich hatte die Bratpfanne mitgenommen, weil er immer wütender geworden war, je mehr er gespielt hatte. Ich hatte Angst vor ihm."

„Warum hast du es uns nicht erzählt?", fragte Xander.

Emily löste sich von ihm und sah zwischen uns hin und her. Mit ihrem fleckigen Gesicht und zerzausten Haaren sah sie so verloren, so verletzlich aus.

„Ich dachte, ihr würdet mich dann nicht wollen", gestand sie. „Warum würdet ihr eine Mörderin zur Frau wollen? Aber ich musste einen Weg finden, um mich vor Ralphs Plan, im Saloon zu arbeiten, zu retten. Ich hätte es euch erzählt, als ihr von Ralph erfahren habt, aber Xander sagte, er hasse Lügner und das bin ich."

Sie schniefte wieder.

Ich runzelte die Stirn. „Hast du ihn mit Absicht getötet?"

Ihre Augen weiteten sich. „Nein!", schrie sie, dann sprang sie von Xanders Schoß. Sie begann wieder durch den Raum zu tigern und ich bezweifelte, dass sie sich überhaupt daran erinnerte, dass sie nackt war. „Er wollte mir wehtun." Sie wirbelte mit wilden Augen zu uns herum. „Das hätte er, wirklich. Ihr müsst mir das glauben. Er hatte mich schon zuvor geschlagen und dieses Mal war er so wütend."

„Ich glaube dir", verkündete Xander schlicht.

„Ich glaube dir auch. Es war Selbstverteidigung, ganz einfach", fügte ich hinzu.

„Aber ich stieß ihn die Treppe hinab, ließ es aussehen, als wäre er gefallen."

Xander erhob sich und lief zu ihr, zog sie zurück in seine Arme und streichelte mit einer Hand ihren Rücken hoch und runter. „Das war schlau. Die meisten Männer, Sheriffs, sogar Richter sehen den Graubereich im Gesetz nicht. Was du getan hast, war falsch, aber du hast nur dich selbst gerettet."

Xander wusste aus Erfahrung, dass manche Gesetzesmänner nicht auf Gerechtigkeit aus waren.

„Wir hätten ihn getötet, wenn wir gewusst hätten, dass er dir wehgetan hat. Die Bridgewater Männer hätten es ebenfalls getan."

Sie wirkte überrascht, sogar hoffnungsvoll. „Ihr hasst mich nicht?", fragte sie mit ungläubiger Stimme.

Ich erhob mich ebenfalls. „Dich hassen?" Ich zog sie aus

Xanders Armen und in meine. „Wir bewundern dich. Du bist so stark. So mutig. Du hättest das nicht allein tragen müssen, Baby."

„Es sollte zwischen uns keine Geheimnisse mehr geben", sagte Xander.

Emily streckte ihren Arm aus und Xander ergriff ihre Hand. „Ralph. Er weiß es. Ich weiß nicht wie, aber er weiß, was ich getan habe. Er hat gedroht, es euch zu erzählen. Uns zu zerstören."

Ich knirschte mit den Zähnen. Wie sehr ich mir doch wünschte, dass Quinn ihn nicht davongeschleppt hätte. Ich hätte ihn mit mehr als einer Bratpfanne geschlagen.

Sie hatte „*uns* zu zerstören" gesagt. Der Klang dessen beruhigte etwas in mir, die Stelle, die sich Sorgen gemacht hatte, dass sie uns nicht wollte, dass Xander zu grob war, dass ich zu sanft war, dass wir nicht das waren, was sie brauchte. Aber die Verwendung des Wortes "uns" wies darauf hin, dass sie uns als eine Familie, eine Einheit betrachtete. Sie fühlte sich bereits uns zugehörig.

Als ich über Emilys Kopf zu Xander sah, konnte ich seine Gedanken lesen. Er hatte es auch bemerkt. Aber das war nicht alles. Es gab noch Ralph und er konnte *uns* schaden. Der Bastard würde zurückkommen. Er würde sich nicht mit fünfzig Dollar zufriedengeben, wenn er mehr haben konnte. Nötigung, Erpressung. Leute wie er waren sich für nichts zu schade.

MILY

„Guten Morgen, Liebling", murmelte mir Xander aus seiner Position zwischen meinen gespreizten Schenkeln zu.

Ich sah meinen Körper hinab zu ihm. Seine Augen wirkten glasig vielleicht vom Schlaf, aber wahrscheinlicher vor Erregung. Allein der Anblick, wie er an dieser Stelle mit seinen Händen auf meinen Innenschenkeln lag, erregte mich. Frank hatte niemals seinen Mund auf meine Pussy gelegt. Wohingegen Tyler meine Brüste mochte, gefiel es Xander definitiv, meine Pussy zu lecken.

Seine Finger krümmten sich tief in mir, drückten gegen diese besondere Stelle und rieben darüber, sodass sich meine Hüften nach oben wölbten – direkt in seinen Mund. Wie hatte ich verschlafen können, dass er sich zwischen meinen Schenkeln niedergelassen hatte? Wie hatte ich nicht bemerken können, dass er seinen stumpfen Finger in mich eingeführt hatte? Ich konnte ihren glitschigen Samen immer noch tief in mir spüren. Sein Bart kratzte über meine frisch entblößte Pussy und als er meinen Kitzler mit seiner Zunge leckte, dann daran saugte, kam ich.

Meine Augen schlossen sich und ich schrie auf. Er konnte meinen Körper so mühelos bearbeiten. Ich reagierte so stark auf ihn. Ich erschlaffte im Bett, war bereit, wieder einzuschlafen.

Als Xander sich meinen Körper hoch küsste, murmelte er: „So empfindlich nach letzter Nacht. Ich liebe es, wie dein Körper reagiert."

Er setzte sich zurück auf seine Fersen, packte meine Hüften und drehte mich auf meinen Bauch. Ich keuchte überrascht auf, aber ich gewöhnte mich so langsam an seine aggressiveren Berührungen. Während er eine Hand über meinen Po gleiten ließ, stellte er fest: „Nicht einmal rot heute Morgen. Ist er wund?"

Mich auf meine Ellbogen stemmend blickte ich über meine Schulter zu ihm. Ich war zu befriedigt und verschlafen, um mich zu schämen. „Beziehst du dich auf den Stöpsel, der mich dehnt oder die Hiebe von letzter Nacht?"

Xander hatte mir den Hintern versohlt. Ich...ich hatte es geliebt. Zuerst hatte es mich überrascht, aber seine Befehle, seine tiefe Stimme waren wie ein Seil gewesen, das mich an die Sicherheit gebunden hatte. Ich war verloren und überwältigt gewesen, vollkommen in Schuld erstickt über das, was ich getan hatte und dem ich die Männer ausgesetzt hatte. Aber Xanders Befehle hatten meinen Fokus verschoben. Der erste Schlag war wie ein Eimer Eiswasser gewesen, hatte mich aus meinen Gedanken gerissen und mich dazu gezwungen, mich allein auf ihn zu konzentrieren. Das Brennen seiner Hand, die kribbelnde Hitze auf meiner Haut.

Das hatte mich in die Lage versetzt, nur daran zu denken und mich dem hinzugeben. Xander hatte nicht aufgehört. Ich hatte nicht denken, nichts anderes tun können, als zu akzeptieren, dass er die Kontrolle übernommen hatte. Die Wahrheit war mir dann leicht über die Lippen gekommen. Wie meinen Körper gab ich ihnen auch meine Probleme. Ich hatte gedacht, sie würden mich hassen, aber das hatten sie nicht. Tatsächlich hätten sie, nach ihren Gesichtsausdrücken zu schließen, Frank gerne selbst getötet und das nicht zufällig.

Er verpasste mir einen leichten, spielerischen Klaps und grinste.

Tyler betrat das Zimmer mit einem Tablett und schloss die Tür hinter sich. „Schließt ihr mich etwa aus?", fragte er.

„Nach letzter Nacht fühlst du dich ausgeschlossen?", antwortete Xander mit einer Gegenfrage.

Sie hatten mich beide einer nach dem anderen genommen, wieder und wieder. Wohingegen sie jeweils Zeit bekommen hatten, um sich zu erholen, während mich der andere fickte, hatte ich keine bekommen. Sie hatten mir einen Orgasmus nach dem anderen gegeben und selbst jetzt konnte ich noch spüren, wie ihr Samen aus mir tropfte. Zu sagen, dass sie mich gefüllt hatten, war eine große Untertreibung.

„Wir können das Zimmer nicht vor Mittag verlassen", erklärte Tyler. „Meine Mutter wird ansonsten denken, dass wir unserer neuen Frau gegenüber nicht aufmerksam genug sind."

Xander lachte leise und schüttelte seinen Kopf. Es war eindeutig für mich, dass er genauso wenig wie ich an eine Mutter gewöhnt war.

„Emily sprach gerade über den Plug in ihrem Arsch", informierte ihn Xander.

Tylers Braue hob sich, während er das Tablett auf den Tisch unter dem großen Fenster stellte. Ich konnte Kaffee und Zimtschnecken riechen. Mein Magen grummelte und Xander gab mir einen weiteren leichten Klaps auf den Po.

„Denkst du, dein Hintern ist bereit für unsere Schwänze, Baby?", fragte Tyler, als er sich neben mich auf das Bett setzte. Er führte seine Hand nach unten und umfasste das harte Ende, das meine Pobacken teilte. Als er daran zog, stöhnte ich und drückte es.

„Ich...ich weiß nicht", antwortete ich und holte tief Luft.

Er zog es vorsichtig heraus. Nachdem er es auf das Bett hatte fallen lassen, ließ er seine Hand über meinen Rücken nach unten gleiten, folgte meiner Wirbelsäule, bis sein Daumen über meine gedehnte Rosette strich und mühelos eindrang. Er bewegte sich nicht.

Xander erhob sich vom Bett und ging zu unseren Taschen, wo er einen kleinen Sack, der verschiedene Stöpsel enthielt, hervorkramte.

Nachdem er einen herausgezogen hatte, ließ er den Sack auf das Bett fallen. Er hielt ihn hoch. „Der ist als nächster dran, Liebling. Der Größte. Dann wirst du bereit sein. Dann wirst du von uns beiden genommen werden, gemeinsam."

Mir entgingen ihre begierigen Blicke nicht, als Tyler seinen Daumen ein paar Mal rein und raus gleiten ließ, dann seinen Daumen herauszog. Er erhob sich und ging zur Wasserschüssel, um sich zu waschen.

„Mit dem hier werden wir nach dem Frühstück spielen", erklärte mir Xander.

XANDER

. . .

„Es ist die einzige Möglichkeit, Ralph hervorzulocken", sagte Emily. Sie stellte eine Suppenschüssel in die Mitte des Tisches. Obwohl die Köchin die Mahlzeit zubereitet hatte, konnte Emily nicht müßig daneben sitzen und zusehen, wie die Frau uns bediente.

Da Tyler nicht müßig daneben sitzen und zusehen konnte, wie Emily *uns* bediente, brachte er einen Brotlaib auf einem Schneidebrett zusammen mit einem Schälchen frischer Butter zum Tisch.

„Das werde ich auf keinen Fall erlauben", entgegnete ich, während ich meine Hände an einem Geschirrtuch abtrocknete. Die Idee, dass sich meine Frau selbst als Köder anbot, um dieses Arschloch aus dem Loch, in dem er wohnte, zu locken, würde *nicht* in die Tat umgesetzt werden. „Ich stimme zu, dass wir in Helena bleiben, aber du wirst nicht auf den Straßen herumschlendern in der Hoffnung, dass er dich ansprechen wird."

Wir saßen wieder einmal am Küchentisch, dieses Mal zum Mittagessen. Wie Tyler es versprochen hatte, hatten wir Emily bis zum Mittag bei Laune gehalten – und gut beschäftigt – indem wir ihr beibrachten, wie man einen Schwanz blies und sie hatte den größten Plug aufgenommen. Sie war eine eifrige Schülerin und wir hatten sie für ihre Fähigkeiten und gutes Verhalten belohnt. Zweimal.

„Warum denn nicht? Er kann nichts tun, wenn ich mich in der Öffentlichkeit befinde."

Sie war so naiv in Bezug auf die Handlungsweisen von verzweifelten, verdorbenen Menschen. Ich war froh darüber, denn ansonsten wäre sie so wie ich – bitter und abgestumpft. Während der vergangenen paar Tage hatte ich mich allerdings…besser gefühlt. Es war einfach fantastisch, jemanden zu haben, auf den ich mich an meiner statt konzentrieren konnte. Ich hatte jemanden, für den ich lebte, den ich wertschätzte und beschützte genauso, wie es Tyler prophezeit hatte. Das bedeutete, dass ich besonders gut auf Emily aufpassen würde, da ich nicht wollte, dass ihr irgendein Leid zugefügt wurde. War das Liebe? Ich hatte keine Ahnung, aber es war...gut.

„Sie kann mit mir zusammen sein." Belinda betrat die Küche. Sie schien zu wissen, was vor sich ging, ohne dass sie im Raum gewesen war. Da ich sie seit mehreren Jahren kannte, verwarf ich die Idee, dass sie besondere Fähigkeiten hatte und schob ihre Fähigkeit, alles zu wissen, was unter ihrem Dach passierte, darauf, dass sie Mutter war.

Tyler und ich erhoben uns und kehrten zu unseren Plätzen zurück, als sie saß und nach der Schöpfkelle griff.

„Wir werden Kleider kaufen gehen. Es ist lange her, seit ich das mit Olivia tun konnte." Sie sah zu Emily. „Das wird mir ein Vergnügen sein."

„Also soll ich meine Mutter und meine Frau der Willkür eines Erpressers aussetzen?" Ich war froh, dass Tyler mit mir übereinstimmte.

Belinda wedelte den grimmigen Einwand ihres Sohnes mit einer Hand weg.

„Bevor ihr zwei anfangt, irgendwelchen Quatsch über Gefahren zu verkünden, lasst euch sagen, dass deine Väter heute Abend nach Hause kommen und helfen können. Wenn sie früh genug zurückkehren, könnt ihr vielleicht mit ihnen in die Saloons gehen und schauen, ob ihr ihn finden könnt."

„Ich dachte, du wolltest, dass wir Emily ins Bett bringen", wand Tyler ein.

„Du hast den Rest des Tages dafür." Seine Mutter hob eine Augenbraue bei seinem bockigen Ton. „Später kannst du dann Xander bei ihr lassen. Mit deinen Vätern in den

Saloon gehen. Eine Feier der Ehe. Lobe deine Braut in den höchsten Tönen. Dieser Mann, Ralph, mag zwar wissen, dass sie verheiratet ist, aber es ist zu bezweifeln, dass er weiß, dass sie euch beide geheiratet hat."

Das stimmte. Das war ein Vorteil daran, zwei Ehemänner zu haben. Einer, um loszuziehen und Ralph zu finden, der andere, um zurückzubleiben und die Frau zu beschützen.

„Was soll ich denn bitteschön sagen, dass ich sie hart rangenommen habe?", fragte Tyler, „zu meinen Vätern? Das wirkt doch sehr unglaubwürdig."

Ich sah, wie Emily errötete.

„Eine verspätete Junggesellenfeier. Es ist allgemein bekannt, dass deine Väter weg waren. Es ist nur richtig, dass ihr drei gemeinsam feiert." Belinda schwenkte ihre Hand durch die Luft. „Tu so, als seist du betrunken, lass deine Väter alles beobachten und sehen, ob er euch folgt. Er wird sicherlich wissen wollen, wo du wohnst. Mach es ihm leicht."

Die Idee war vernünftig. Mir gefiel der Teil, dass ich mit Emily zurückbleiben würde, am besten. Das wäre dann die einzige Zeit, in der ich wusste, dass sie in Sicherheit war.

„Morgen also das Einkaufen", sagte Emily und wischte sich mit ihrer Serviette über den Mund. „Ich habe bisher nur im Kaufladen eingekauft. Das wird…Spaß machen."

Spaß war nicht das Wort, das ich gewählt hätte, aber wenn Emily keine Angst oder Sorgen hatte, dann war mir das nur recht. Wenn Tyler und seine Väter einen Blick auf Ralph erhaschen könnten, dann würden wir wissen, dass er Emily wieder gegenübertreten wollte. Dieses Mal würden wir bereit sein.

16

ANDER

Ich knöpfte mein Hemd zu, während ich den Männern entgegenlief, die durch die Eingangstür traten. Ich hatte gehört, dass sie sich dem Haus näherten, weil ihre Stimmen laut durch die Nacht gehallt hatten, als hätten sie zu viel getrunken. Tyler hatte seinen Arm über die Schulter eines seiner Väter gelegt und lachte über etwas, dass dieser gesagt hatte.

Nachdem die Tür hinter ihnen ins Schloss gefallen war, gaben sie ihre Theater auf.

Ich schüttelte die Hände von Tylers Vätern. Sie waren beide Ende fünfzig. Auch wenn ihre Haare mittlerweile mehr grau als dunkel waren, waren sie keine Männer, die ich verärgern wollte. Sie waren einflussreich in der Stadt und hatten die riesige Ranch, die jetzt Tyler und ich führten, erbaut. Ich kannte sie seit Jahren und sie waren die Väter, die ich nie hatte.

„Und?"

„Zuerst, herzlichen Glückwunsch zu deiner Hochzeit, Sohn", sagte Roger Tannenbaum und klopfte mir auf die Schulter. Er tat das nicht gerade sanft. „Es ist schön, dich lächeln zu sehen."

Ich konnte das Grinsen nicht unterdrücken, da ich gerade eine schlafende und gut befriedigte Frau im Bett zurückgelassen hatte. Während Tyler mit seinen Vätern weggewesen war, hatte ich die Zeit damit verbracht, mich um Emily zu kümmern. Obwohl ich mich danach sehnte, Ralph hinter Gitter zu bringen, hatte ich meine Aktivitäten an diesem Abend wahrscheinlich mehr genossen als Tyler seine. „Dankeschön", erwiderte ich.

Obwohl sie nach billigem Whiskey rochen, wirkte keiner von ihnen betrunken. „Lasst uns ins Büro gehen und ein Gläschen trinken. Und zwar keinen billigen Fusel."

Ich folgte den Männern. Während Roger einschenkte, nahmen die anderen in den bequemen Sesseln Platz. Allen hatte Olivia großgezogen, nachdem ihre Eltern gestorben waren. Dafür hatte er vorgegeben, Junggeselle zu sein, während er die gesamte Zeit über eine Mehrehe mit Roger und Belinda führte. Er hatte mit Olivia in einem anderen Haus gewohnt, bis ein Mann es in Brand gesteckt hatte. Daraufhin hatte Olivia Simon, Cross und Rhys geheiratet und Allen hatte – endlich – beschlossen, zu seiner eigenen Familie zu ziehen.

„Ich habe ihn gesehen", verkündete Tyler, als Roger mir ein Glas mit zwei Fingerbreit Whiskey reichte.

Meine Faust schloss sich bei seinen Worten fest um das Glas.

„Tylers Erzählung zu Folge muss man sich um diesen Mann kümmern", merkte Roger an und nahm einen Schluck von seinem Whiskey.

„Zur Hölle, ja", entgegnete ich.

„Wir müssen den Frauen erlauben, einkaufen zu gehen", verkündete Roger. Ich konnte sehen, dass er von dieser Idee auch nicht begeistert war.

„Ihr werdet zulassen, dass er ihnen gegenübertritt?"

„Natürlich nicht!", widersprach Allen und schlug mit dem Glas auf den Tisch. „Sie werden einkaufen, wir werden ihnen folgen. Xander, du kannst die Frauen mit mir im Auge behalten und Tyler und Roger werden sich den Bastard schnappen, bevor er auch nur in ihre Nähe gelangt."

Ich schüttelte meinen Kopf. „Auf keinen Fall. Ich will den Mann. Emily ist meine Verantwortung."

Tyler beugte sich vor und stützte seine Ellbogen auf seine Knie. „Bist du dir sicher, dass du mit dem Gesetz in Berührung kommen willst?"

Ich musterte meinen Freund aufmerksam, sah die Besorgnis in seinen Augen. Es war an der Zeit, meine Vergangenheit hinter mir zu lassen. Emily war meine Zukunft und ich musste sicherstellen, dass sich ihr nichts – oder jemand – in den Weg stellen würde. „Für Emily? Absolut."

EMILY

„Was meint ihr damit, sie sind Ralph gefolgt?", fragte ich, während ich die Schachteln mit meinen Einkäufen auf den Tisch in der Diele stellte. Meine Stimme klang schrill, mein Herz schlug panisch. Ich konnte es nicht ändern. Die Vorstellung, dass Tyler und Xander dem Mann gegenübertreten würden, versetzte mich in Angst und

Schrecken. Die Freude über das Einkaufen mit Belinda verschwand und wurde von Angst ersetzt. „Wir müssen zu ihnen gehen. Sie aufhalten!"

Tylers Väter, die beide selbst beeindruckende Männer waren, schienen kein bisschen besorgt zu sein.

„Nein, Emily. Sie wollen, dass du hier und in Sicherheit bist", widersprach mir Allen, nahm meinen Arm und führte mich in die Stube.

„Sie sollten ihn nicht verfolgen!", entgegnete ich und wandte mich ihnen zu. Belinda zog gerade ihre Handschuhe aus und hielt in der Bewegung inne.

Alle drei runzelten die Stirn. „Was hast du gedacht, dass sie tun würden, wenn der Plan doch lautete, Ralph aus seinem Loch zu locken?"

Ich zuckte mit den Schultern und lief hin und her. „Ich dachte, er würde auf mich zu kommen und ich würde ihm mitteilen, dass Xander und Tyler wüssten, was passiert ist, dass es kein Geheimnis mehr wäre. Dann hätte er mich in Ruhe gelassen."

Roger schenkte mir ein freundliches Lächeln. „Denkst du, er würde dich jemals in Ruhe lassen? Er würde drohen, den Obrigkeiten von deiner Tat zu erzählen oder vielleicht sogar Tylers und Xanders Geschäftspartnern."

Das hatte ich nie in Erwägung gezogen. Meine Idee klang plötzlich sehr lächerlich.

„Er wird nicht aufhören, Emily. Das musst du wissen", fügte Allen hinzu.

„Dann sollte ich sie verlassen. Sie brauchen eine solche Bürde nicht. Ich will ihrem Geschäft nicht schaden. Ich will *ihnen* nicht schaden." In meiner Kehle brannten Tränen.

„Du bist zu aufgebracht. Du denkst nicht klar", sagte Belinda sanft.

Ich strich mit meinen Händen über meinen Rock, zupfte an dem Stoff.

„Denkst du, deine Männer können sich nicht vor einem Mann verteidigen?", fragte Allen.

Ich dachte an Ralph. Er war körperlich keine Herausforderung, aber das bedeutete nicht, dass nichts Schlimmes passieren konnte.

„Ich...ich schätze, sie können das, aber er...er ist *hinterhältig.*"

„Liebes, du musst darauf vertrauen, dass sich deine Männer darum kümmern werden. Dass sie sich um dich kümmern werden." Belinda legte ihre Hände auf meine Schultern, sah mir in die Augen und zog mich dann in eine Umarmung.

Daraufhin weinte ich, denn in diesem Moment wurde mir bewusst, wie sehr ich Xander und Tyler mochte. Ich hatte keinen Ehemann gewollt, ganz zu schweigen von zweien, aber jetzt konnte ich mir nicht vorstellen, auf einen von ihnen zu verzichten. Sie riskierten ihr Leben für mich.

Dann waren da noch Belinda, Roger und Allen. Gott, sie waren wundervoll. Sie waren Eltern. Richtige Eltern. Es gab so viel, von dem ich nicht einmal gewusst hatte, dass ich es vermisst hatte. Es hatte zwei Männer gebraucht, um mir zu zeigen, was wahre Liebe, eine richtige Bindung war. Fürsorge. Schutz. Hingabe.

Ich sah es in der Art und Weise, mit der Allen und Roger Belinda ansahen und sich um sie kümmerten. Ich spürte es bei Xander und Tyler.

„Ich will nicht, dass sie verletzt werden", murmelte ich. „Ich will nicht, dass Xander zurück ins Gefängnis geht."

„Xander wird nicht ins Gefängnis gehen, sondern Ralph", korrigierte mich Roger. Er war sich dessen und meiner Ehemänner so sicher, dass es mich etwas tröstete.

Als ich erkannte, dass ich ein heulendes Wrack war, wischte ich über meine Augen und trat nach hinten. Roger gab mir ein Taschentuch.

„Du liebst sie", stellte Belinda fest.

Ich schaute zu ihr, während ich über meine Wange rieb und sah ihr zufriedenes Lächeln. „Ich weiß es nicht. Ich bin mir nicht sicher, was Liebe ist. Frank, mein erster Ehemann, war nicht...nett."

Allen kam zu mir und legte sanft eine Hand auf meine Schulter. „Es ist Liebe, Emily. Du hast den zweien völlig den Kopf verdreht. Ich habe Xander noch nie zuvor so... leidenschaftlich gesehen. Und Tyler, nun ja, er macht sich nur noch Sorgen darüber, dass Xander dich für sich allein behält."

Mein Mund klappte auf. „Warum würde sich Tyler Sorgen darüber machen?"

„Hast du gesehen, wie dich Xander ansieht? Er *braucht* dich auf eine Weise, wie es Tyler nicht tut. Du heilst etwas in Xander. Wir können das alle sehen." Belinda blickte zu ihren Männern und sie nickten. „Wir kennen ihn seit langer Zeit. Es mag kein Blitzschlag gewesen sein, aber es ist...besonders."

„Ich will Tyler auch!", gab ich zu.

Sie lachten. „Natürlich tust du das", erwiderte Roger. „Bedenke einfach nur eines. Nur weil sie groß und herrisch sind, bedeutet das nicht, dass sie nicht ebenfalls Schmerzen empfinden. Sei...sanft mit ihnen."

Ich dachte an Xanders Worte, als er gesagt hatte, dass er nie sanft mit mir sein könnte. Wenn er mich berührte, war er nicht sanft. Ich verzehrte mich nach dem Kratzen seiner schwieligen Handflächen. Dem Druck seines Körpers an meinem. Dem dunklen Ton seiner Stimme. Und dennoch war er dort draußen und bekämpfte Drachen für mich. Er befreite mich von meiner schweren Last – Ralph. Er mochte nicht sanft sein, aber er war genau das, was ich brauchte. Was unsere kleine Familie brauchte.

Ich wollte gerade antworten, als ich sie durch die Eingangstür kommen hörte.

Ich erhob mich und wirbelte herum, sah, dass sie unverletzt waren und rannte aus der Stube und in ihre Arme.

Ich atmete tief ein, schwelgte in ihren Düften. Da sie so nah vor mir standen, war es eine Mischung aus Pfefferminz, Leder und purer Männlichkeit. Ihre Hände wanderten meinen Rücken hoch und runter, über meine Haare, während ich meine Arme um sie beide schlang.

Sie schoben mich so weit weg, dass sie mich ansehen konnten. „Du hast geweint", stellte Xander fest und blickte über meine Schulter zu Tylers Eltern.

„Wir haben sie nicht zum Weinen gebracht. Das habt ihr getan", erklärte ihm Allen.

Xander sah auf mich hinab und runzelte die Stirn. „Wir haben dich zum Weinen gebracht, Liebling?"

Ich nickte, dann lächelte ich. „Ich...ich liebe euch", gestand ich.

Beide Männer starrten mich einige Sekunden mit völlig schockierten Gesichtern an, bevor sich etwas verschob. Ihre Blicke änderten sich. Xanders Augen wurden schmal, sein Kiefer spannte sich an. Tyler sah genauso aus, aber ich sah auch etwas fast schon Ehrfürchtiges in seinen Augen.

Xander ging in die Knie, warf mich über seine Schulter und erklomm die Treppe. Sein Arm schlang sich um die Rückseite meiner Schenkel. Ich würde nirgendwo hingehen und dieses Mal – als er mich wie einen Getreidesack trug – leistete ich keinen Widerstand.

„Was ist mit Ralph?", rief Roger.

„Gefängnis. Wir werden euch später mehr erzählen", antwortete Tyler. Ich sah, dass uns seine Beine die Treppe hoch folgten. „Emily kommt zuerst."

Ich hörte keine Antwort von unten, da Xander die Treppe schnell überwand, durch den Flur hastete und unsere Schlafzimmertür zu kickte, bevor ich auch nur klar denken konnte.

Anstatt mich ins Bett zu legen, wie ich es erwartet hatte, stellte mich Xander langsam auf meine Füße, wobei mein Körper seinen hinabrutschte. Meine Brustwarzen richteten sich auf, als ich dabei seinen harten Körper spürte.

„Ist er wirklich im Gefängnis?" Ich sah zwischen den beiden hin und her.

„Das ist er", antwortete Tyler mit einem entschiedenen Kopfnicken.

„Ich wusste nicht, dass ihr ihn verfolgen würdet", gestand ich.

Er runzelte die Stirn. „Was hast du gedacht, dass wir tun würden?"

„Dass ich mit ihm reden würde. Ihn zur Vernunft bringen würde, während ihr aus der Entfernung zuschaut."

Xander drehte mich zu sich und packte meine Arme. Er beugte sich sogar an der Taille, damit wir auf Augenhöhe waren. „Diesen Bastard kann man nicht zur Vernunft bringen. Wenn du denkst, dass wir zugelassen hätten, dich ihm auch nur auf drei Meter zu nähern, dann weißt du überhaupt nichts über deine Ehemänner."

Eine düstere Intensität brannte in seinen dunklen Augen. Eine Wildheit, die nicht *auf* mich gerichtet war, sondern *für* mich eingesetzt wurde.

„Ich...ich fange erst an, das zu begreifen", erwiderte ich. „Unsere Ehe...ich wollte sie, weil ich euren Schutz *brauchte*."

„Wenn du denkst, dass wir dich jetzt aufgeben, weil Ralph im Gefängnis ist – "

Ich unterbrach Tyler. „Nein. Das ist genau das, was ich meine. Ich habe euch geheiratet, damit ihr mich retten könnt, aber ich will euch behalten, weil dies", ich fuchtelte mit meiner Hand zwischen uns dreien umher, „dies so viel mehr ist."

„Du hast uns genauso gerettet, Liebling", gab Xander zu.

Ich runzelte die Stirn. „Wie könnte ich euch retten? Seht euch doch an. Ihr müsst nicht gerettet werden."

Die Vorstellung brachte mich zum Lachen.

Xander hob mich in seine Arme und setzte sich auf das Bett, zog mich auf seinen Schoß und meinen Kopf unter sein Kinn. „Du bist so mutig. So stark. Ich?", er drückte mich kurz, „nicht so sehr. Ich habe zugelassen, dass mich das, was mir in der Vergangenheit passiert ist, fest im Griff hatte, einem grausamen Griff, der mich bitter und unglücklich gemacht hat. Ich war zufrieden damit auf der Ranch weit weg von Menschen zu leben."

„Er war richtiggehend griesgrämig", fügte Tyler hinzu. Er kniete sich vor mich. „Er ist nicht mehr so miesepetrig, nicht wahr, Baby?"

Tylers Mundwinkel bog sich nach oben und ich lächelte. „Er ist immer noch herrisch", bemerkte ich.

Xander neigte mich nach hinten, sodass ich zu ihm hochstarrte. Sein Gesicht mit all seinen Ecken und Kanten war nicht...grob, wie es das vor einigen Tagen gewesen war. In seinen Augen zeigte sich deutlich, dass er nicht länger von den Geistern der Vergangenheit verfolgt wurde.

„Dir gefällt es, dass ich herrisch bin."

Ich schluckte, da ich an all die Arten dachte, in denen er herrisch war. „Ja, das tut es."

„Was mich betrifft, Liebling, ich wuchs mit zwei Vätern

auf. Sie bereiteten mich auf diese Sitte vor und ich wollte mir eine Frau teilen. Ich hatte keinen Bruder, mit dem ich das hätte tun können, aber Xander wurde mein Bruder. Nicht durch Blut, aber durch ein Band, das so viel stärker ist."

Er blickte weg und ich sah, wie sich etwas seines Selbstvertrauens verflüchtigte. „Ich sehe euch zwei zusammen, wie du auf seine Berührung reagierst, auf seine Befehle. So bin ich nicht."

„Ich brauche nicht zwei Männer, die so sind. Xander ist in dieser Sache völlig ausreichend, glaub mir."

Xander senkte seinen Kopf und küsste mich, nur ein schnelles Streifen seiner Lippen über meine. Es war mehr ein Necken als irgendetwas anderes. Er setzte mich wieder auf und zog mich an sich, bevor ich auch nur an eine weitere Frage denken konnte.

„Ihr gleicht euch gegenseitig aus. Ihr gleicht *mich* aus." Ich streckte meine Hand aus und streichelte Tylers Wange. „Ich will euch beide. Ich *brauche* euch."

„Unten hast du etwas anderes gesagt. Bereust du die Worte?" Xanders Körper versteifte sich unter meinem, weil er Angst hatte, dass ich meine Gefühle zurücknehmen würde.

Ich erinnerte mich an Rogers Worte. Auch wenn sie beide groß, muskulös und tapfer waren, konnte ich sie nur mit ein paar Worten verletzen. Die Macht, die ich hatte, war schon fast gefährlich.

Ich entzog mich Xanders Griff und drehte mich, sodass ich vor ihnen stand. Ich ergriff Xanders Hand, dann Tylers. „Ich kann nicht behaupten, ich wüsste, was Liebe ist. Nun ja, ich *wusste* es nie. Was ich für euch beide empfinde, ist... ist wundervoll. Angsteinflößend. Machtvoll. Ich würde sagen, das ist Liebe."

Tyler zog mich in seine Arme. Da er immer noch auf seinen Knien war, neigte er sein Kinn nach oben, um mich anzuschauen. „Baby, ich liebe dich auch."

„Vergesst mich nicht", merkte Xander an und zog mich in eine Umarmung. Ich umfasste seinen Kiefer, der Bart war weich an meiner Hand. „Ihr seid genau das, von dem ich nicht wusste, dass ich es brauche. Ich liebe euch."

„Es ist an der Zeit, Baby. Zeit, dir zu zeigen, wie es sein kann. Mit uns beiden, gemeinsam."

17

MILY

Meine Pussy zog sich bei seinen Worten zusammen.

„Wir haben deinen Hintern trainiert", sagte Xander. „Du nimmst den größten Plug so wunderbar auf. Dein Arsch ist bereit für meinen Schwanz."

„Wir werden dich füllen, Baby. Wir beide zur gleichen Zeit. Willst du das?"

„Willst du von deinen beiden Ehemännern genommen werden?", fuhr Xander fort, „du wirst uns verbinden. Du bist diejenige, die uns zu einer Familie macht."

Es gab nur eine Antwort. „Ja", antwortete ich atemlos.

Das war alles, was ich sagen musste, bevor ihre Hände auf mir lagen, sie die Knöpfe meines Kleides öffneten, die Nadeln aus meinen Haaren zogen und mich entblößten, so wie sie auch meine Emotionen frei gelegt hatten, damit sie alles von mir sehen konnten.

Als ich mit harten Brustwarzen und mit von Erregung benetzten Schenkeln vor ihnen stand, murmelte ich: „Ich will euch auch sehen."

Tyler grinste und seine Hände griffen nach den Knöpfen seines Hemdes. „Du willst, dass wir auch nackt sind, Baby?"

Ich nickte und leckte meine Lippen, als ich sah, wie seine breite Brust einen Knopf nach dem anderen entblößt wurde.

Sie zogen ihre Kleidung mit unglaublicher Eile aus, bis sie wunderbar nackt vor mir standen. Xanders Körper war intensiv gebräunt und gesprenkelt mit dunklen Haaren. Er war so hart wie sein Temperament. Sehnige Muskeln schnürten sich um seine Unterarme, seine Finger waren lang und stumpf. Sein Schwanz stand dick und erigiert von seinem Körper ab, bog sich nach oben, um seinen Bauchnabel zu berühren, während ein glitzernder Tropfen seiner Erregung über die geweitete Spitze glitt.

Tyler war schlanker, dennoch waren seine Muskeln definierter als Xanders. Seine Brust war haarlos, die flachen Brustwarzen dunkel. Sein Bauch war glatt und wurde von Hügeln und Tälern definiert. Es juckte mich in den Fingern, über diese angespannten Muskeln zu streicheln. Sein Schwanz war ebenfalls lang und dick, zeigte direkt auf mich, begierig, in mich zu gelangen.

„Bist du bereit für uns?", fragte Xander.

Ich leckte meine Lippen. „Ja", flüsterte ich.

„Zeig es deinen Ehemännern", befahl er.

Ich runzelte die Stirn. „Wie?"

„Berühr deine Pussy. Gutes Mädchen. Bist du feucht?", sprach Tyler, während ich tat, was er verlangte.

Ich keuchte bei dem Kontakt mit meinem heißen Fleisch auf, das begierig danach war, berührt und verwöhnt zu werden. Benutzt zu werden.

„Zeig es uns", befahl er.

Ich hielt meine Finger hoch, sodass sie meine Erregung dick auf den Fingerspitzen sehen konnten.

Xander stöhnte tief in seiner Brust. „Auf das Bett."

Ich schob mich an ihm vorbei und krabbelte in die Mitte des Bettes, legte mich auf meinen Rücken. „Spreiz deine Beine für mich, Liebling. Du weißt, welchen Teil von dir ich möchte."

Ich winkelte meine Knie an, stellte meine Füße auf die weiche Decke und spreizte meine Beine weit. Die Augen beider Männer richteten sich sofort auf meine entblößte, feuchte und für sie geschwollene Pussy.

„Du willst meine Pussy lecken", erwiderte ich.

Mit einem Fuß auf dem Bett kniete sich Xander hin, dann senkte er sich, sodass seine Schultern meine Schenkel noch weiter auseinanderschoben. „Was will Tyler?", fragte er, wobei sein heißer Atem über meine Weiblichkeit strich.

„Meine Brüste." Meine Stimme war atemlos und leise.

„Das ist richtig, Baby." Tyler lief zur Bettseite und stellte sich so hin, dass er eine Brust mit seiner Hand umfassen konnte und begann die Brustwarze mit seinem Daumen zu streicheln.

Meine Muskeln entspannten sich und ich schloss meine Augen, gab mich den Händen der Männer und ihren Mündern auf mir hin. Sie berührten mich überall, meine Haut erwachte und kribbelte bei jedem Kontakt. Meine Brustwarzen zogen sich unglaublich fest zusammen, weil Tylers Finger ihnen ein schmerzhaftes Vergnügen verschafften, indem sie zwickten und zogen. Anschließend linderte die Berührung seines Mundes den Schmerz. Xander war so sanft, dass es schon fast rücksichtslos war, da er mit seiner Zungenspitze kaum die Seite meines Kitzlers berührte, um und über ihn glitt. Seine Finger drangen nicht in mich ein, sondern umkreisten meinen Eingang nur ganz leicht. Meine inneren Muskeln zogen sich zusammen, aber er gab mir nichts, das ich drücken konnte.

Ich wurde gnadenlos gereizt. Anstatt mich zu einem schnellen Höhepunkt zu bringen – es schien ihnen zu gefallen, den Beweis ihrer Fähigkeiten an meinem Körper zu sehen – trieben sie meine Erregung in immer höhere Gefilde. Mein Blut wurde dicker, mein Atem wild, meine Haut feucht mit Schweiß. Sie ließen mich verzweifeln. Ich wusste, dass sie genau das wollten – dass ich alles vergaß und nur noch fühlte, nur noch auf sie reagierte. Schon bald würden ihre beiden Schwänze tief in mir versenkt sein und sie wollten, dass ich bereit war. Gierig. Wild.

Tyler bewegte sich so, dass er auf seinem Rücken neben mir lag. „Steig auf, Baby."

Xander half mir, mich zu erheben und auf Tyler zu setzen, sodass ich rittlings auf ihm saß. Mit einer Hand um seinen Schwanzansatz verharrte Tyler regungslos, während ich rutschte und mich so bewegte, dass er in einem leichten, langen, glatten Stoß in mich glitt. Ich wurde vollständig von ihm gefüllt, als meine Schenkel auf seinen ruhten.

Ich konnte das Stöhnen, das meinen Lippen entwich, nicht unterdrücken, weil er mich so tief füllte. Er stupste gegen den Eingang meiner Gebärmutter, was ein klein wenig schmerzte. Mit Hilfe meiner Knie veränderte ich meine Position und passte mich an, um ihn ganz aufnehmen zu können.

Tylers Hände legten sich auf meine Brüste, umfassten sie und spielten mit ihnen, während ich anfing, seinen Schwanz zu reiten. Ich kreiste und glitt hoch und runter, benutzte seinen Schwanz für mein eigenes Vergnügen. Die breite Spitze rieb über empfindliche Stellen tief in mir, intensivierte das Brennen. Mein Kopf fiel zurück, meine Haare kitzelten meinen Rücken.

„Es ist so gut. Tyler, ich…ich bin so nah dran."

Ich keuchte, als Xander an meiner Halsbeuge knabberte. „Noch nicht, Liebling. Denk dran, wir kontrollieren dein Vergnügen."

Tyler entfernte seine Hände von meinen Brüsten. Sie fühlten sich geschwollen und zart an und sehnten sich nach seiner Berührung.

„Gib mir einen Kuss", verlangte er. Ich beugte mich nach unten und er schlang seine Arme um meine Schultern, wobei eine Hand meinen Hinterkopf umfasste.

Tylers Zunge tauchte in meinen Mund, glitt rein und raus genauso, wie sich sein Schwanz in meiner engen Scheide bewegte. Ich wurde von Tyler umgeben, überwältigt. War mit ihm vereint.

Eine große Hand streichelte über die Länge meines Rückgrats und bewegte sich weiter nach unten über meinen Hintern und dann dazwischen, strich über meinen Hintereingang. Ich erschrak, aber ich hörte Xanders Stimme, die mich beruhigte, während Tyler anfing, seine Hüften in mich zu stoßen und mich zu küssen.

Du liebst es, wenn ich mit diesem jungfräulichen Loch spiele. Du kommst so stark für uns.

Ich beruhigte mich, lauschte seinen Worten, fühlte seine sanfte Berührung. Ich spürte etwas Kühles und Glitschiges an meinem Hintereingang, das seinen Finger mühelos in mich eindringen ließ.

„Das ist das Gleitmittel, Liebling. Ich werde dich schön feucht machen, wie wir es getan haben, wenn wir dich mit den Trainings-Plugs gefüllt haben. Das ist ein Finger. Fuck, Frau, du drückst mich so fest." Xanders Stimme nahm diesen harten Tonfall an, den ich so gern hatte.

„Ihre Pussy drückt meinen Schwanz auch", keuchte Tyler.

Ich sah auf ihn hinab, sah den Schweiß über seine Schläfen tropfen. Sein Kiefer war zusammengepresst und ich konnte erkennen, dass er sich zurückhielt, während Xander meinen Hintern vorzubereiten begann.

Als ich spürte, wie seine Finger verschwanden und stattdessen die breite Spitze seines Schwanzes gegen mich drückte, weiteten sich meine Augen und ich verspürte für einen Moment Panik.

Tyler streichelte mit einer Hand über meine Haare. „Schh, lass ihn rein." Ich starrte ihn an, konzentrierte mich auf sein Gesicht, während Xander gegen meinen Eingang stupste, sich zurückzog, wieder und wieder. Mein Atem wurde schneller und ich machte mir Sorgen, dass er nicht in mich eindringen würde können.

Ich war mit dem Trainings-Stöpsel in mir gefickt worden, aber nie mit zwei Schwänzen. Es gab einen eindeutigen Unterschied zwischen den beiden Empfindungen, als ob ich weit geöffnet würde. Ich zuckte zusammen, dann keuchte ich, als Xander sich mit etwas, das sich wie ein leises 'Plopp' anfühlte, an dem Muskelring vorbeischob.

Zusammen mit der Dehnung verspürte ich ein leichtes Brennen und versuchte, von ihm wegzurutschen, aber ich konnte nirgends hingehen. Ich wurde gut und wahrhaftig von ihren Schwänzen aufgespießt. Xanders schwerer Atem passte zu seinen Bewegungen, rein, raus, rein, raus, wodurch er immer weiter in mich eindrang, bis er mich vollständig ausfüllte.

„Oh, Gott", stöhnte ich.

Xander befand sich in meinem Rücken, seine Brusthaare kitzelten meinen Rücken. Tyler war unter mir.

Beide Schwänze steckten tief in mir. Wir waren eins. Ich war diejenige, die uns verband, nicht nur als Familie, sondern in diesem Moment auch körperlich.

Es gab nichts zwischen uns. Wir waren eins.

„Es ist an der Zeit, dass wir uns bewegen, Baby", murmelte Tyler. Er blickte über meine Schulter und nickte leicht. Er zog seine Hüften zurück, wobei er seinen Schwanz fast vollständig herauszog, bevor er wieder in mich eindrang. Als er das tat, zog sich Xander zurück, bewegte sich tief in meinem Hintern und entzündete etwas in mir. Nerven und ein Vergnügen, von deren Existenz ich nie gewusst hatte, erwachten durch seine verruchten Stöße zum Leben. Sie bearbeiteten mich im Team. Einer glitt raus, während der andere mich füllte. Immer wieder wechselten sie sich darin ab, mich zu ficken, bis ich verloren war. Ich konnte nicht mehr klar denken, nur noch fühlen. Es gab nur noch Vergnügen und tiefe, berauschende Empfindungen, die durch ihre sehr fähigen Schwänze hervorgerufen wurden.

Ich krallte mich in das Bett, während sich mein Körper an Tylers bewegte, meine Brustwarzen rieben über seine verschwitzte Brust. Die Empfindungen verbanden sich zu einem festen Ball, der sich in meiner Pussy und meinem Hintern bildete. Er wurde größer und heller, verteilte sich in meinem gesamten Körper. Meine Finger kribbelten, meine Zehen fühlten sich taub an, meine Muskeln spannten sich an, mein Atem blieb mir in der Kehle stecken. Ich erstarrte, war gefangen zwischen meinen Männern, die mich fickten, deren Schwänze mich zum Orgasmus trieben.

Das war nicht das sanfte Stupsen, das Xander mit seiner Zunge auf meinem Kitzler vollführen konnte. Das war nicht das scharfe Knabbern von Tylers Zähnen an der Spitze meiner Brustwarzen. Das war die Eroberung meines gesamten Körpers. Ich hätte geschrien, wäre mir der Schrei nicht in der Kehle stecken geblieben. Die Empfindungen, die durch meine Venen strömten waren so stark, dass ich nichts anderes tun konnte, als das Bett zu packen, um mich zu ankern.

Sie hörten nicht auf sich zu bewegen, als ich kam. Nein, sie fickten mich sogar noch härter, stießen in mich, stupsten gegen meinen Kitzler und verlängerten den Orgasmus weiter und weiter und weiter.

„Sie drückt mich. Ich kann mich nicht mehr zurückhalten", keuchte Tyler, kurz bevor er sich unter mir versteifte und mit seinem Schwanz tief und regungslos in mir verharrte. Ich spürte, wie sich sein heißer Samen in mich ergoss, meine Pussy auskleidete, mich so sehr füllte, bis ich spürte, wie es an mir vorbeitropfte.

Xander ließ nicht nach, sondern legte eine Hand auf meine Hüfte. Seine Finger drückten fest gegen den Knochen, während er einmal, zweimal noch tiefer in meinen Hintern eindrang. Ich schwöre, ich spürte, wie sein Schwanz in mir dicker wurde, kurz bevor er stöhnte. In meinem Hintern spürte ich die heißen Spritzer seines Orgasmus.

Der Klang unseres abgehackten Atmens füllte den Raum. Der moschusartige Duft von Sex füllte die Luft. Unsere Haut war feucht und glitschig, meine Pussy war klebrig von dem Samen, der aus mir tropfte.

Schließlich lockerte Xander seinen Griff und glitt behutsam aus mir. Ich zischte bei der letzten Dehnung, dann fühlte ich seinen Samen, der aus mir glitt. Xanders Hände an meiner Taille hoben mich von Tyler und zogen mich von seinem verbrauchten Schwanz. Ich war zu erschöpft, um mich zu bewegen, zu überwältigt. Tyler kletterte aus dem Bett und kehrte mit einem warmen

Lappen zurück. Beide Männer hielten meine Beine gespreizt, während mich Tyler wusch und mit der sanften Berührung mein zartes Fleisch verwöhnte.

„Wie fühlst du dich?", fragte Tyler und blickte von meiner Pussy hoch.

Ich konnte das dümmliche Lächeln, das sich auf meinem Gesicht ausbreitete, nicht unterdrücken. „Gut benutzt", erwiderte ich. „Meine Ehemänner gehören zu der äußerst aufmerksamen Sorte."

Tyler grinste. „Wir wären mehr als froh, schon bald wieder so aufmerksam zu sein."

„Du hast uns beide wunderbar genommen, Liebling." Xander zog die Decke hoch und über mich. „Und wir dachten, du wärst eine zurückhaltende Braut."

„Vielleicht zu Beginn", entgegnete ich und dachte ein paar Tage zurück. Es war so viel in einer solch kurzen Zeit geschehen, so viel hatte sich geändert. Ich war nicht mehr die verletzte, verschreckte Witwe. Ich war wieder eine Frau. „Aber ich bin nicht länger Jungfrau. Ihr beide wart meine Ersten."

Beide Männer ragten über mir auf, ihre Gesichter – eines hell, das andere dunkel – zeigten eine süße Aufmerksamkeit und Liebe.

„Ja, wir haben deinen jungfräulichen Hintern gut erobert", stimmte Xander zu.

„Und wir haben dich gemeinsam genommen", fügte Tyler hinzu.

„Jetzt ist nur noch eine Sache übrig", erwiderte ich.

Beide Männer runzelten die Stirn. Ich hob meine Hände und umfasste ihre Kiefer.

„Ein Baby", erzählte ich ihnen.

Beide lächelten mich strahlend an. „Wenn du nicht zu wund bist, werden wir uns gleich darum kümmern."

Die Vorstellung, einen dunkelhaarigen Jungen oder ein blondes Mädchen zu haben, ließ meinen Körper weich und begierig nach ihnen werden.

„Ja, Bitte. Gleich jetzt", antwortete ich und spreizte meine Beine weiter, kein bisschen zurückhaltend.

HOLEN SIE SICH IHR KOSTENLOSES BUCH!

TRAGEN SIE SICH IN MEINE E-MAIL LISTE EIN, UM ALS ERSTES VON NEUERSCHEINUNGEN, KOSTENLOSEN BÜCHERN, SONDERPREISEN UND ANDEREN ZUGABEN ZU ERFAHREN. SIE ERHALTEN EIN KOSTENLOSES BUCH FÜR IHRE ANMELDUNG! TRAGEN SIE SICH IN MEINE E-MAIL LISTE EIN, UM ALS ERSTES VON NEUERSCHEINUNGEN, KOSTENLOSEN BÜCHERN, SONDERPREISEN UND ANDEREN ZUGABEN ZU ERFAHREN. SIE ERHALTEN EIN KOSTENLOSES BUCH FÜR IHRE ANMELDUNG!

kostenlosecowboyromantik.com

ÜBER DIE AUTORIN

Vanessa Vale ist eine USA Today Bestseller Autorin von über 40 Büchern. Dazu zählen sexy Liebesromane, einschließlich ihrer bekannten historischen Liebesserie Bridgewater, und heißen zeitgenössischen Romanzen, bei denen dreiste Bad Boys, die sich nicht nur verlieben, sondern Hals über Kopf für jemanden fallen, die Hauptrollen spielen. Wenn sie nicht schreibt, genießt Vanessa den Wahnsinn zwei Jungs großzuziehen, findet heraus wie viele Mahlzeiten man mit einem Schnellkochtopf zubereiten kann und unterrichtet einen ziemlich guten Karatekurs. Auch wenn sie nicht so bewandert in Social Media ist wie ihre Kinder, so liebt sie es dennoch, mit ihren Lesern zu interagieren.

Instagram

www.vanessavaleauthor.com

ANDERE ENGLISCHSPRACHIGE BÜCHER VON VANESSA VALE:

Steele Ranch Series

Spurred

Bridgewater County Series

Ride Me Dirty

Claim Me Hard

Take Me Fast

Hold Me Close

Make Me Yours

Kiss Me Crazy

Mail Order Bride of Slate Springs Series

A Wanton Woman

A Wild Woman

A Wicked Woman

Bridgewater Ménage Series

Their Runaway Bride

Their Kidnapped Bride

Their Wayward Bride

Their Captivated Bride

Their Treasured Bride

Their Christmas Bride

Their Reluctant Bride

Their Stolen Bride

Their Brazen Bride

Their Bridgewater Brides- Books 1-3 Boxed Set

Outlaw Brides Series

Flirting With The Law

MMA Fighter Romance Series

Fight For Her

Wildflower Bride Series

Rose

Hyacinth

Dahlia

Daisy

Lily

Montana Men Series

The Lawman

The Cowboy

The Outlaw

Montana Maidens Series

Claiming Catherine

Taming Tessa

Dominating Devney

Submitting Sarah

Standalone Reads

Western Widows

Sweet Justice

Mine To Take

Relentless

Sleepless Night

Man Candy - A Coloring Book

Mistletoe Marriage

Twice As Delicious

www.ingramcontent.com/pod-product-compliance
Lightning Source LLC
LaVergne TN
LVHW011831060526
838200LV00053B/3969